Im Heim

Zum Autor:

Volkmar Soostmeyer wurde 1962 in Weyhe, das südlich von Bremen liegt, geboren.

Er ist Polizist in Bremen und lebt gemeinsam mit seiner Frau Sabine in Syke.

Vor mehr als 20 Jahren hat der den Gedichtband „Verborgenes" und 2016 das Märchenbuch „Acht Kostbarkeiten" veröffentlicht.

Volkmar Soostmeyer

Im Heim

Kriminalroman

2022 von Volkmar Soostmeyer

Herstellung und Verlag:

BoD – Books on Demand, Norderstedt

E-Mail: volkmar-sabine@kabelmail.de

Alle Rechte vorbehalten

Covergestaltung: Brigitta Wortmann

Lektorat: Henrik Lassek

Erste Auflage 2022

ISBN: 978-3-7347-7453-9

Für Sabine

in großer Dankbarkeit

Im Heim

(1)

Jonas Kaufmann zog die Wohnungstür hinter sich zu und ging zu seinem betagten Ford Fiesta, der am Fahrbahnrand stand. Es war ein nasskalter Februarmorgen und er fror, äußerlich, aber auch innerlich wurde ihm nicht warm. Er startete das Fahrzeug und fuhr an. Der einsetzende Regen peitschte gegen die Windschutzscheibe seines Autos. Das Radio war eingeschaltet und spielte Musik. Jonas legte den Weg zur Arbeit wie im Schlaf zurück und hing derweil seinen Gedanken nach. Früher einmal liebte er seinen Beruf als Altenpfleger und immerhin war er nun im zehnten Jahr in der Seniorenresidenz „Lindenblüte" beschäftigt, aber die letzten Jahre hatten sehr an seinen Kräften gezehrt. Gab es zum Beispiel einstmals einen festen, verlässlichen Dienstplan, so sprang man heute hin und her und das vorwiegend auf Zuruf des Pflegedienstleiters. So war es auch an diesem Morgen, denn anstatt eines freien Tages, der nach dem anstrengenden Wochenende so wichtig gewesen wäre, folgte ein sogenannter außerplanmäßiger Frühdienst. Das hatte er gestern kurzfristig erfahren. Sarkastisch dachte er, ist ja erst der achte Dienst in Folge. Da ging bestimmt noch was. In der Freizeit gibt man nur Geld aus, eine gute Rechtfertigung für die fortwährende Unterbezahlung. Außerdem würden freie Tage, insbesondere die am Wochenende, sowieso überbewertet. Das Leben war eben kein Ponyhof. Süffisant wurde dieser Umstand zusätzlich durch den Spruch: „Altenpflege ist eben kein Zuckerschlecken" untermalt, den der Pflegedienstleiter gestern hinterherschob, als er ihn über die kurzfristige Dienstplanänderung informierte. Seniorenpflege war eben mehr als ein Beruf; es war eine Berufung, der man seine privaten Belange jederzeit unterzuordnen hatte. Erst das Heim und dann erstmals gar nichts, so meinte der Pflegedienstleiter seine Mitarbeiter oder, wie er gerne zum Besten gab, seine Untergebenen zu überzeugen versuchte. Jonas schauderte bei diesem Gedanken und wünschte, er hätte damals einen anderen Beruf gewählt, aber mit Ende dreißig fühlte er sich zu alt dafür. Noch einmal ganz von vorne anzufangen, dafür war er zu feige. Schade, dass man über seinen einstigen Traum als Altenpfleger nun so denken musste. Dabei war das am Anfang mal ganz anders. „Wann ist mir bloß der Idealismus abhandengekommen?", fragte er sich.

Jonas wohnte in Siekhausen, eine Kleinstadt irgendwo in Norddeutschland, und er fuhr allenfalls 10 Minuten mit dem Auto bis zum Heim. „Heim" nannten sie sie alle, die Seniorenresidenz „Lindenblüte". Die Bezeichnung war kurz, prägnant und lies offen, ob man etwas Positives oder Negatives damit verband. Das Seniorenheim lag außerhalb von Siekhausen und irgendwo im Nirgendwo. Die nächste Einkaufsmöglichkeit war zwei Kilometer entfernt und ansonsten bot die Umgebung der Einrichtung das gewisse Nichts, eine Kombination aus Ackerflächen und Kuhweiden, die durch Buschwerk getrennt wurden. Das nächste Wohnhaus lag einige hundert Meter entfernt.

Jonas lenkte sein Gefährt auf den Mitarbeiterparkplatz, der sich im Randbereich des Heimes befand, mit groben Schottersteinen versehen und nur durch provisorisches Licht spärlich ausgeleuchtet war. Die schief stehenden Lampen waren seinerzeit auf Initiative des ehemaligen Heimleiters gegen jeglichen Widerstand, ausgehend von der Geschäftsführung, angeschafft worden. Wenn es den Mitarbeitern zu dunkel war, könnten sie ihren Weg mit Taschenlampen ausleuchten, so war der gönnerhafte Ratschlag der Geschäftsführung. Taschenlampen gehörten allerdings nicht zum Equipment des Hauses und müssten aus eigener Tasche finanziert werden. Über Batterien wurde gar nicht erst diskutiert, obwohl die im Heim vorrätig gewesen wären. Um zum Haupteingang zu gelangen, überquerte er, leise vor sich hin fluchend, da es immer noch regnete, den Besucherparkplatz, der aufwändig gepflastert und hell ausgeleuchtet vor ihm lag. Hier hatte man keine Kosten und Mühen gescheut. Der Name „Besucherparkplatz" war schon merkwürdig gewählt, denn zwei von insgesamt acht Parkplätzen waren dem Notarzt- und Rettungswagen vorbehalten. Das ergab durchaus Sinn, denn die Abstellflächen mussten so ausgewählt werden, dass die Fahrzeugbesatzungen den kürzesten Weg ins Haus hatten. Wer möchte schon eine Bahre querfeldein und über einen geschotterten Platz tragen bzw. fahren? Gehörten Notärzte und Rettungssanitäter aber wirklich zu den Besuchern im wahrsten Sinne des Wortes? Neben den Abstellflächen für die notärztliche Versorgung hatte man für den Heimleiter, Herrn Viktor Ohlsen, und den Pflegedienstleiter, Herrn Peter Becker, zwei weitere Stellflächen reserviert. Also blieben noch vier weitere Parkplätze für tatsächliche Besucher. Irgendwie grotesk, dass diese beiden Herren, die Vorsteher des Heimes, einen Besucherstatus und somit die Berechtigung zum Parken auf dem Besucherparkplatz erhielten. Allein die Parkplatzzuteilung spiegelt die mangelhafte Wertschätzung für alle anderen Kollegen wider.

Aber über allem thronte der Sinnspruch, den der Heimleiter bei fast jedem Treffen mit den Kollegen zum Besten gab, denn man befände sich schließlich allesamt in einem Boot. Obwohl, in einem Boot zu sitzen, bedeutet erstmal nichts, da nicht unterschieden wurde, wer sich fahren lässt und wer ohne Unterlass die Paddel betätigte und sich dabei Schwielen an den Händen holte. In Jonas Vorstellungen kam das Bild einer Galeere zum Vorschein; einer saß an der Trommel und gab den Takt an und die anderen ruderten. Welche Rolle ihm auf diesem Schiff zugedacht wurde, war natürlich die des an Ketten befindlichen Ruderers. Letztendlich war es auch gleichgültig, denn wie sagte mal der Chef in angeheiterter Stimmung beim letzten Betriebsfest zu ihm: „Hättest in der Schule besser aufpassen sollen, dann wärest du heute auch Heimleiter." Das sollte wohl witzig klingen. Viel verletzender als der blöde Spruch war das süffisant-arrogante Lachen der Überlegenheit des Heimleiters, das diese Lebensweisheit wohl zu unterstreichen versuchte. Herr Ohlsen oder „der schöne Viktor", wie man ihn auch in Kollegenkreisen nannte, war eben ein Ausbund an Humor und Empathie. Jonas wusste nicht genau, wen er weniger mochte, den schönen Viktor oder seinen speichelleckenden Kettenhund, der immer zum Zubeißen bereit war und sich Pflegedienstleiter nannte. Er war der große Erfüllungsgehilfe und wäre in Deutschlands dunkelsten Stunden durchaus bedeutend gewesen, denn zu dieser Zeit machten genau diese Menschen eine steil aufsteigende Karriere. Und die braune Uniform verursachte dabei den nötigen Glanz. Während Ohlsen immer im maßgeschneiderten Anzug erschien und ständig darauf bedacht war, gepflegt wie ein männliches Mannequin aufzutreten, dessen schwingender Gang ein wenig zu affektiert selbst für einen Laufsteg wirkte, so war Becker fast genau das Gegenteil; übergewichtig, überhaupt nicht eitel und eher mit dem Hang zum Ungepflegten behaftet, mit schlurfendem Gang und dann mit diesem kalt-herzlosen Blick ausgestattet, der die aufgesetzte Nickelbrille unterhalb der Augenpartie entbehrlich erschienen ließ, denn durch die schaute er so oder so nicht. Auch die Haarpracht unterschied die beiden, während Ohlsen sein Haar bis zur letzten Spitze mit Pomade versah, sodass es dunkelblond glänzte, trug Becker aufgrund aufkommender Glatzenbildung das restliche, fettige Haar in langen Strähnen, die zottelig an seinen Kopfseiten herunterfielen.

Jonas betrat den Eingangsbereich des Heimes, lugte in das leere Schwesternzimmer der unteren Etage

hinein und wunderte sich, dass Natalie ihn nicht
erwartete. Stattdessen leuchtete die grüne Lampe auf
dem Flur vor Luise Remmers Zimmer. Natalie war
also bei Frau Remmers. Früher war das Haus mit
drei Nachtwachen besetzt, aber im Zuge von
Einsparmaßnahmen wurde auf eine dritte Kraft
verzichtet. Natalie war Anfang vierzig und schob eine
Nachtwache nach der anderen, da ihr Lohn ohne die
Nachtzulagen zu gering ausfiel, um ihren Sohn und
sich ein einigermaßen erträgliches Leben bieten zu
können. Dabei gehörte weder ihr Sohn noch sie zu
denen, die ein ausschweifendes Leben führten.
Obwohl alles teurer wurde, hatte man wohl
vergessen, ihren Lohn entsprechend anzupassen.
Natalie hatte einen Arbeitsvertrag, der vom
Tarifrecht abgekoppelt war, sodass das Merkmal
„Billigarbeitskraft" eins zu eins auf sie zutraf.
Jegliches Ansinnen einer Lohnerhöhung war mit
dem demütigen Gang zum Seniorenheimleiter
verbunden, der dann versuchte, besonders mildtätig
zu erscheinen und versprach, alles dafür zu tun, dass
es bald mehr Geld für sie gäbe. Dabei wies er schon
mal vorsorglich auf die bedenklichen wirtschaftlichen
Zustände des Heimes hin und wie schwer es für ihn
sein würde, auch die Geschäftsleitung von einer
Lohnerhöhung zu überzeugen. Am Ende flossen
dann neun Cent für jede Stunde mehr in die

Haushaltskasse des Mitarbeiters. Der Vorteil der Tarifverhandlungen war, dass die Konditionen, zu denen natürlich vorwiegend auch Lohnerhöhungen gehörten, in schöner Regelmäßigkeit zwischen den Gewerkschaften und den Arbeitgeberverbänden für eine Vielzahl von Mitarbeitern ausgehandelt wurden, ob das nun der Geschäftsleitung gefiel oder nicht.

Jonas beschloss, sich zunächst umzuziehen und musste bei dem Gedanken daran lächeln, dass selbst die Zeit des Umkleidens nicht als Arbeitszeit anerkannt wurde. Ohlsen schlug vor, mit der weißen Kluft in den Feierabend zu gehen, bzw. mit ihr auch zum Dienstantritt erscheinen zu können. Er wusste selbst zu genau, dass das niemand wirklich machte und außerdem aus Gründen der Hygiene sowieso verboten war. Wem das nicht passt, der könne sich vertrauensvoll an den Betriebsrat wenden. Der schöne Viktor hatte die aufbegehrenden Kollegen nicht ohne Hintergedanken an die Betriebsratsvorsitzende, Silke Schacht, verwiesen. Sie war freigestellt, und der Sinn dieser Freistellung war, dass sie sich vollkommen den Geschicken der Mitarbeiter widmen konnte. Natürlich gehörte auch zu diesen Aufgaben, die Leitungen davon zu überzeugen, die Umkleidezeiten als Dienstzeiten zu klassifizieren. Ein einziger Blick in die im Internet einschlägigen Bestimmungen hätten ihr den richtigen Weg gewiesen. Silke Schacht war aber anderer Natur, weil sie ja nun gewählt worden war und nun glaubte sie fortwährend daran, dadurch eine exponierte Stellung ganz in der Nähe zur Leitung zu besitzen. Bedauerlicherweise vergaß sie schnell, dass sie damals die einzige Kandidatin gewesen war, ihr Amt nur auf Zeit ausgelegt war und der Sinngehalt ihres beruflichen Daseins darin lag, die Interessen der Mitarbeiter zu vertreten und um somit als Gegenspielerin zur Geschäftsleitung und zur der Leitung des Seniorenheims zu fungieren. Natürlich war sie dem Dreigestirn Geschäftsführerin, Ohlsen und selbst Becker intellektuell völlig unterlegen und genau dieser Umstand, dessen Erkenntnis sie ihrer Bauernschläue zu verdanken hatte, führte zu einem Kurs, der eine Konfrontation mit den Leitungen völlig ausschloss. Dass an ihren Händen und Beinen keine Fäden, wie sie Marionetten zu tragen gedenken, zu erkennen waren, war das einzig Bemerkenswerte an ihr. Leider kamen erst die Kollegen zu dieser Erkenntnis ihrer völligen Unfähigkeit, als die Wahl bereits abgeschlossen war. Das minderte natürlich die Chancen für eine Wiederwahl, denn, wenn sich einer ihrer Konkurrenten in der Wahl als Vierbeiner, der ggf. sogar zu bellen wusste, präsentiert hätte, hätte es an ihrer erfolgreichen Neuwahl erhebliche Zweifel gegeben.

Die Göttin, die alles überstrahlte und die dem Zirkel der Führungskräfte vorstand, hieß Frau Hilke Kasper-Leuser. Sie war die Geschäftsführerin des allgemeinnützigen Konsortiums und wurde wenig liebevoll kurz „die Laus" genannt. Man war gut beraten, ihr aus dem Weg zu gehen. Eine Frau Mitte Fünfzig, immer adrett im Kostüm gekleidet und geschminkt, als hätte sie einen zweiten, etwas anrüchigen Beruf. Den hatte sie natürlich nicht, aber anstatt eines Herzens hatte man ihr einen Stein einoperiert. Für das Verkaufen ihres Lachens hat sie sicherlich mehr erhalten als seinerzeit Tim Thaler für das seine. Das, was „die Laus" besonders gut konnte, war, mit Zahlen zu jonglieren, in Ungnade gefallene Mitarbeiter, und selbst wenn es sich um Führungskräfte handelte, auszutauschen und vor allem war sie befähigt zu sparen, natürlich zulasten der Bewohner und jeglicher Betreuungskräfte. Soweit Jonas einzuschätzen wusste, betraf die Sparwut nicht das eigene Gehalt der „Laus", denn dem zeigte sie sich durchaus wohlwollend gegenüber. Ohlsen bewunderte „die Laus", widersprach nie und zeigte sich stets demütig. Wenn er mit der „Laus" durch die Flure des Heimes schritt, meinte man eine Duftnote von Unterwerfung, anstatt seines sündhaft teuren Parfüms, wahrnehmen zu können. Der Becker durfte sich manchmal auch im Dunstkreis dieser Technokraten aufhalten. Man erwartete aber, dass er den gebührenden Abstand hielt und nur antwortete, sofern er gefragt wurde. Jonas glaubte zu wissen, dass ihm niemals eine Frage gestellt worden war. In einem Hotel hatte er mal einen sogenannten „stummen Diener" gesehen. Jonas hatte ihn sofort Becker genannt, aber dann fiel ihm auf, dass stumme Diener einen Anzug in Form halten sollen, und Becker war alles, aber kein Anzugträger und in Form war er auch nicht, es sei denn, man betrachtete sein Übergewicht in diesem Zusammenhang. Jonas schaute erneut ins Schwesternzimmer, das immer noch unbesetzt war. Also ging er den langen Flur entlang, um nach Natalie und Frau Remmers zu schauen.

11.03.1944

Endlich. Ich habe Geburtstag und bin zehn Jahre alt
geworden. Mama schlich ganz früh morgens in mein
Zimmer, setzte sich auf die Bettkante und strich mir
liebevoll durch mein Haar, so als wolle sie mich
besonders sanft wecken. Das war aber gar nicht nötig,
denn ich war längst wach, tat aber so, als wenn ich
noch schliefe. Ich streckte und reckte mich und rieb
mir den Schlaf aus den Augen. Mama sagte mit leiser
Stimme: „Mein kleiner Liebling. Ich wünsche dir
alles Gute zum Geburtstag. Möge die Sonne immer
für dich scheinen und mögest du die Sonne immer
im Herzen tragen. Ich bin so froh, dass es dich gibt."
Dann küsste sie mich auf die Stirn und legte mir ein
kleines, quadratisches Päckchen auf die Bettdecke.
„Das ist für dich. Ich hoffe, es gefällt dir", flüsterte sie
mir ins Ohr. Ich tastete nach dem Päckchen, hielt es
in der Hand und fühlte durch das Papier, dass sich
etwas Weiches darin befinden musste. Behutsam
befreite ich den Inhalt vom Papier, achtgebend, dass
das Geschenkpapier nicht einriss. Das muss ich wohl
von meiner Mutter geerbt haben, denn sie achtete
ebenfalls darauf, das Geschenkpapier nicht zu
beschädigen, um es dann sorgfältig
zusammenzufalten, da man es ja wiederverwenden
könne. Ich glaube, manchmal hat sie es auch

gebügelt, um die Knitter zu entfernen, damit es wieder ganz glatt aussah. „Ja", juchzte ich, „endlich habe ich es, ein eigenes Tagebuch und dann noch in weichem Leder eingebunden. Das habe ich mir schon so lange gewünscht". Dazu bekam ich noch einen Füllfederhalter von meiner Schwester Klara, die vier Jahre älter war als ich.

Ich schrieb die ersten Zeilen ins Tagebuch, in denen ich schilderte, wie Mama und Klara mich so reich zu meinem zehnten Geburtstag beschenkten. Alles, aber auch alles, was ich von nun an erlebe, schreibe ich auf. Das Tagebuch ist mein enger Vertrauter, mein Seelentröster und vor allem, mein wahrhaftiger, verschwiegener Freund. Niemand, aber auch niemand, sollte den Inhalt je zu lesen bekommen, das hatte ich mir fest vorgenommen. Meine Gedanken gehören nur mir allein und jetzt natürlich auch meinem neuen Freund. Die Freundschaft zwischen uns soll bis zur letzten Seite halten und darüber hinaus. Dass dieses Tagebuch noch einmal so bedeutsam werden würde, konnte ich zu diesem Zeitpunkt noch nicht ahnen.

(2)

Jonas betrat das Zimmer der Luise Remmers. Sie bewohnte als wohlhabende alte Dame eines der wenigen Einzelzimmer im Haus. Von 30 Zimmern gab es 25 Doppel- und tatsächlich nur 5 Einzelzimmer. Menschen, die Deutschland aufgebaut, ihre ganze Arbeitskraft geopfert und sich zum Teil ein überschaubares Vermögen erwirtschaftet hatten, wurden auf dem letzten Weg in einem Doppelzimmer untergebracht und das häufig zusammen mit einem anderen Bewohner, der ihnen gänzlich unbekannt war. Manchmal wurden sie auch einfach so aus ihrem Leben gerissen, weil die Angehörigen meinten, sich nicht mehr um sie kümmern zu können. Das eigene Familienleben, die Doppelbeschäftigung im Beruf, der ausgeprägte Freundeskreis und der Familienurlaub standen einer häuslichen Betreuung der Eltern im Wege. Außerdem wurden Vater oder Mutter immer vergesslicher und da die eigenen Kinder keine Beaufsichtigung mehr benötigten, für die man ja die Großeltern damals gut verwenden konnte, fehlte es an einem weiteren Grund, diese in ihrem Zuhause zu belassen. Das schöne elterliche Haus konnte man doch anderweitig besser verwenden und wenn es denn nur für Mieteinnahmen genutzt wurde, so war dieses Geld doch willkommen für die eigene Lebensfinanzierung. Oftmals reichten die Renten oder Pensionen der Alten aus, um den Heimplatz zu finanzieren und wenn nicht, wurde so lange gesucht, bis man ein günstiges Seniorenheim gefunden hatte und da Doppelzimmer nun einmal kostengünstiger waren, wurden die bevorzugt genommen. Immerhin wäre Mutter dann nicht mehr so allein, als wenn sie ein Einzelzimmer bewohnte. Darin drohte man ja sprichwörtlich zu vereinsamen. Dann wiederum gaukelten die Angehörigen ihnen vor, dass sie nur für eine Kurzzeitpflege im Heim bleiben müssten, weil man zum Beispiel das Zuhause renovierte. Danach wäre alles wieder so wie früher. Leider war dies ein Trugschluss, denn eine Heimkehr war nie wirklich vorgesehen, da die Renovierungsarbeiten für die Bedürfnisse der neuen Bewohner des Hauses notwendig gewesen waren. Vorher wurden natürlich alle Eigentumsverhältnisse in Form von Hausumschreibungen neu geregelt. Angehörige spielten eine besondere Rolle, denn sie waren es, denen die Unzulänglichkeiten im Umgang mit den Bewohnern auffallen müssten und die, die Einhalt gebieten, wenn etwas schiefläuft oder die Gesamtversorgung zu wünschen übrigließ. Wie soll sich denn ein an Demenz erkrankter Bewohner gegen Fehlbehandlungen effektiv wehren?

Fatalerweise war immer häufiger zu bemerken, dass die Missstände fehlerhaft interpretiert wurden, und man die zweifelhaften Zustände unkommentiert hinnahm.

Das erste, was Jonas jetzt wahrnahm, war eine völlig verstörte Natalie, die ihre Hände vors Gesicht hielt und bitterlich weinte. Sie stand inmitten des Raumes, den Luise Remmers bewohnte, und verdeckte durch ihren Körper den freien Blick auf das Kopfende von Frau Remmers Bett. Er trat an das Bett und jetzt begriff er erst: Frau Luise Remmers war nicht mehr am Leben, sondern tot. Nie würde er den Gesichtsausdruck der toten Luise Remmers vergessen. Ihre Augen waren weit aufgerissen und der versteinerte Blick war nach oben zur Zimmerdecke gerichtet, als würde dort etwas gesucht werden. Jonas interpretierte den Blick, als verriete er totale Überraschung, die mit purer Angst gepaart war. Der Mund stand weit offen, so als würde jemand vergeblich nach Luft ringen. Das gesamte Gesicht war verzerrt und drückte alles andere aus, als wäre Luise Remmers friedlich eingeschlafen. Es war starr vor empfundenem Schmerz. Dem Gesamteindruck passten sich die Hände an, denn sie hatten sich fest in die Bettdecke gekrallt. Wäre das Blut nicht schon längst aus ihnen gewichen, so hätte man das Weiße der Handknöchel auch mit Blut in den Adern erkennen können. Alles wies darauf hin, dass sich die Finger mit größter Kraftanstrengung an die Bettdecke klammerten, um diese nie mehr wieder loslassen zu müssen. Die Füße hatten sich von der Bettdecke frei gestrampelt und lugten nun aus ihr hervor. Selbst die Zehen hatten sich verkrampft und gruben sich ins Bettlaken hinein. Der gesamte Körper schien immer noch unter immenser Anspannung zu stehen und schien nach wie vor bereit zu sein, jederzeit zu bersten. Zum Gesamteindruck passte auch das völlig zerwühlte Bettlaken. Der Kopf der Toten lag auf einem Kopfkissen, das offensichtlich seitlich zur Wand hin verrutscht war. Jonas wusste sofort, dass Frau Remmers lange mit dem Tod gerungen haben musste, aber schließlich den letzten Kampf ihres Lebens verloren hatte.

Jonas wurde aus seinen Beobachtungen herausgerissen, da Natalie stammelte, dass sie jetzt den Arzt, Dr. Waldheim, zwecks Leichenschau benachrichtigen müsse. Ob Dr. Waldheim wirklich promoviert hatte, war nicht bekannt, aber jeder nannte ihn Doktor, wie man es zu jedem Arzt sagte, unabhängig davon, ob eine Promotion vorlag oder nicht. Herr Waldheim war der sogenannte Hausarzt des Seniorenheimes und behandelte alle Bewohner gleichermaßen inkompetent. Er hatte zwar seine Praxis in Siekhausen, an der es allerdings an Patienten mangelte, da ihn niemand für ausreichend fachkundig hielt. Jonas war einmal in seiner Behandlung, entschied sich aber direkt danach dafür, Waldheim nur noch dann aufzusuchen, wenn ihm der Hals kratzen würde. Landläufig wurde gesagt, dass er zu jedem seiner Patienten die Behandlungsmethode: „Spritze oder Dragee" bereithielt. Eine weiterführende Behandlungsmethode befand sich nicht in seinem Repertoire und entsprach nicht seinem Budget. Das Alleinstellungsmerkmal des Seniorenhausarztes war sein finanzielles Standbein, auf dessen Einnahmen er unmöglich verzichten konnte. Um überhaupt einen Patientenstamm aufrechtzuerhalten, war Waldheim dafür bekannt, in seiner Praxis für Allgemeinmedizin „gelbe" Scheine in Hülle und Fülle über jeglichen, beliebigen Zeitraum auszustellen. Deshalb galt er auch als Fachmann für den berühmten „gelben" Urlaub. In Deutschland gilt zwar allgemein die freie Arztwahl, die Bewohner des Heimes hatte man davon allerdings wohl nicht unterrichtet, sodass Dr. Waldheim der Arzt für alle Fälle war und bevor jemand ins Krankenhaus eingewiesen wurde, musste er an Waldheim vorbei. Das war schwer genug, sodass zu befürchten war, dass der eine oder andere

Bewohner am Unwillen des Arztes nicht nur scheiterte, sondern auch an den Folgen verstarb. Jonas wusste, dass Dr. Waldheim wie immer die natürliche Todesursache bei Frau Remmers feststellen würde. Selbst wenn sie ein Messer im Rücken trüge, wäre er geneigt, dieses als Unfall zu deklarieren. Sie könnte ja auch immerhin hineingefallen sein. Außerdem war das Ausstellen von Todesbescheinigungen ein lukrativer Nebenerwerb mit viel Lohn für wenig, eigentlich gar keine Arbeit.

Wenig später erschien Dr. Waldheim im Zimmer der Luise Remmers, schaute sich die Tote kurz an, murmelte etwas und setzte sich sofort daran, den natürlichen Tod schriftlich zu attestieren. Wenn Waldheim aufgrund seines mittlerweile betagten Alters alles so langsam vergaß, die passenden Formulare hatte er immer dabei. Jonas war während der ausgeprägten Leichenschau anwesend. Ihm war aufgefallen, dass Waldheim noch nicht einmal die Tote angefasst hatte und alles aus gebührender Entfernung beurteilte.

Dr. Waldheim verließ nach gefühlten fünf Minuten das Zimmer, wovon er vier davon mit dem Ausfüllen beschäftigt war. Jonas bemerkte den Weggang des Arztes kaum, denn er konnte sich noch nicht von

Frau Remmers trennen. Das Verabschieden von einem Bewohner fiel ihm dieses Mal besonders schwer. Zwar machte ihm der Tod eines Bewohners nichts mehr aus, da der Sensenmann in regelmäßigen Abständen zu Besuch kam, auch ohne, dass für ihn ein Stellplatz auf dem Besucherparkplatz reserviert wurde. Aber bei Luise Remmers war es fast so, als wäre Jonas leibliche Oma plötzlich und unerwartet verstorben.

Er wusste, dass die Zeit, die er in Luises Zimmer verbrachte, zulasten der Versorgung der übrigen Bewohner ging. Entgegen seines sonstigen Pflichtbewusstseins war es ihm jetzt aber einerlei. Letztlich ging er dann doch zur Zimmertür, blickte noch einmal auf Luise zurück und trat auf den Flur, um endlich mit seiner eigentlichen Arbeit beginnen zu können. Er vergaß zunächst sogar Natalie und die damit verbundene notwendige Übergabe, glaubte aber, als er sich an sein Versäumnis erinnerte, dass einer seiner Kollegen den Informationsaustausch in der Zwischenzeit übernommen hatte. Übergaben waren wichtig und gehörten zu jedem Schichtwechsel zwingend dazu.

Plötzlich hielt er inne, denn irgendetwas kam ihm in Luises Zimmer merkwürdig vor. Er wusste nur im Moment nicht, was es war.

14.03.1944

War das ein schöner Geburtstag. Mama hatte den
ganzen Tag frei und nachmittags gab es einen
Topfkuchen. Ich konnte es kaum abwarten, aus der
Schule zu kommen und in mein Tagebuch zu
schreiben. Es ist so schön, dass mein Tagebuch mit
meinem zehnten Geburtstag beginnt, dachte ich bei
mir. Ein runder Geburtstag eben, und ich muss bei
dem Gedanken, dass es mein erster „runder" war,
lächeln.

Aber nun ist der Tag vorbei und Klara und ich
müssen wieder vor der Schule zu unseren Nachbarn
gehen. Das sind die Lehmanns, die zwei Häuser
weiter wohnten. Mama muss schon ganz früh zur
Arbeit und manchmal kommt sie erst spät abends
davon zurück. Mama will nicht, dass wir allein zu
Hause bleiben, weil die Stadt, in der wir leben,
immer häufiger bombardiert wird, und wenn sie
dann nicht da ist, hat sie Angst, dass uns etwas
passiert. Neuerdings möchte sie auch, dass wir nach
der Schule zu den Lehmanns gehen. Wir sollen dort
warten, bis sie uns von der Arbeit von dort abholt.
Sie sagt, dass die Stadt vor einiger Zeit überflutet
wurde, weil man einen Staudamm gesprengt hätte.
Zwar befand sich unser Haus auf einer kleinen
Anhöhe, aber die Flut hat Mama noch ängstlicher

gemacht, obwohl das Wasser damals unser Haus gar nicht erreichte. Ich weiß, dass in der Flut viele Menschen gestorben sind. Das Wasser war auf einmal da und kam von überall her, hat alle überrascht und alles mitgerissen, was sich ihm in den Weg gestellt hatte.

Frau Lehmann ist eigentlich ganz nett und herzlich, nur ihr einziger Sohn Karl, der gerade sechzehn Jahre alt geworden ist, ist irgendwie eigenartig. Herr Lehmann ist vor ein paar Jahren gestorben. Frau Lehmann sagt, dass der Franzmann ihm feige in den Rücken geschossen hat. Sie hasst die Franzosen und alles, was irgendwie Französisch ist. Irgendwann klingelten dann zwei Männer an Frau Lehmanns Haustür, brachten ihr Mitgefühl zum Ausdruck und sagten, dass Herr Lehmann heldenhaft für Führer, Volk und Vaterland gestorben sei. Ob das Frau Lehmann wirklich getröstet hatte, weiß ich nicht.

Nun lebt sie allein mit ihrem Sohn in diesem großen Haus. Seit Herr Lehmann nicht mehr da ist, darf Karl alles, und er weiß das auch und nutzt das aus. „Er sei jetzt schließlich der Mann im Haus und somit könne er über alles bestimmen, wie sein Vater vorher auch", sagt er dann, und der Stolz in seinem Gesichtsausdruck, wenn er das gesagt hatte, war unverkennbar. Manchmal habe sie den Verdacht, dass Frau Lehmann zwischen ihrem Mann und Karl nicht mehr richtig unterscheiden kann, denn sie spricht zu ihm, wie zu einem Erwachsenen und nennt ihn oft versehentlich Kurt, denn so hieß ihr gefallener Mann. Alles lässt sie ihm durchgehen. Eines Tages hat er eine Katze in der Wassertonne ertränkt. Frau Lehmann kam zu spät und sagte lediglich, dass Karl so etwas lassen soll, denn schließlich wäre er schon fast erwachsen, und Erwachsene quälen keine Tiere. Mitgefühl mit der Katze hatte sie nicht. Karl sagte mal zu uns, dass es ihm mächtig Freude bereite, Tiere zu quälen. Das darf man, meinte er, weil wir die ja sowieso töten, um sie dann zu essen. Also kann man die vorher auch ein bisschen leiden lassen. Gerade bei Schweinen würde das Fleisch dann besser schmecken, wenn sie vor der Schlachtung richtig Angst gehabt hätten und eigentlich könne man sowieso alle Tiere essen. Denn das ist der wirkliche Grund ihres Daseins, damit der Mensch immer etwas zu beißen hat. Mir kommen seine Ansichten merkwürdig vor, denn bisher hatte ich weder Frösche, Katzen noch Hunde gegessen. Das Quälen dieser Tiere ist Karls besondere Leidenschaft, so behauptete er es jedenfalls. Karl hat wohl auch keine Freunde. Jedenfalls habe ich ihn nie mit einem anderen Jungen spielen sehen. Er ist ein Einzelgänger und außer seiner Mutter scheint er auch keinen anderen Menschen zu mögen und zu vertrauen. Karl sitzt morgens mit uns auch am Tisch, isst mürrisch sein Brot und starrt meine Schwester dabei unentwegt und unverhohlen an. Es kommt aber kein Wort während des Frühstücks über seine Lippen. Aber dieser durchdringende, starrende Blick ist dabei so unheimlich. Mittags ist Frau Lehmann häufig nicht zu Hause und dann öffnet uns Karl die Tür. Karl scheint immer zu Hause zu sein. Manchmal frage ich mich, ob der überhaupt zur Schule geht.

Während wir dann auf Mama warten, setzt sich Karl ganz dicht neben meine Schwester auf die Küchenbank, obwohl die für drei Menschen Platz bietet. Meine Schwester mag das nicht, traut sich aber auch nicht, Karl das zu sagen. Wenn Frau Lehmann nicht da ist, redet Karl auf einmal ganz viel, allerdings spricht er nicht freundlich mit uns. Er kommandiert, als wären wir seine Untergebenen und hätten alles zu tun, was er will. Dann befiehlt er oft, ich solle still am Tisch sitzen bleiben und sagt zu meiner Schwester, dass sie nun sein Zimmer aufräumen soll. Beide verlassen dann die Küche, und Karl meint dann, er müsse mitgehen, um das Aufräumen zu beaufsichtigen. Er befürchtet, dass Klara alles falsch macht, denn sie sei ja noch so dumm. Gerade das

Aufräumen, so fügte er erklärend hinzu, sei typische Frauenarbeit, müsse aber von einem Mann beaufsichtigt werden. Aber wehe, wir würden seiner Mutter vom Aufräumen erzählen. Nach einer halben Stunde kommen beide aus seinem Zimmer. Manchmal glaube ich, dass Klara geweint hat, während Karl dann völlig stumm am Küchentisch sitzt und selbstzufrieden in die Gegend starrt. Mir ist aufgefallen, dass Karl immer häufiger will, dass Klara sein Zimmer aufräumt. Irgendwann holt uns Mama dann von den Lehmanns ab. Sie merkt aber nicht, dass Klara so traurig ist.

Mama sagt, es sind schwere Zeiten, und der Krieg dauert schon so lange. Seit etwa einem Jahr muss sie fast jeden Tag arbeiten. Sie sagt, sie arbeitet in einer Fabrik und das zusammen mit ganz vielen anderen Frauen. Die Arbeit in der Fabrik ist hart, wäre aber für den Endsieg wichtig, der sicherlich bald kommen würde. Und dann wird alles besser, weil ja dann Frieden wäre, und im Frieden braucht man diese Fabrik nicht mehr, sodass sie dann wie früher jeden Tag zu Hause wäre. Ich frage sie, wann denn Frieden wäre und was es mit dem Endsieg auf sich hätte? Sie antwortet, dass schon bald Frieden sei und Endsieg ist so, als würde einem die ganze Welt gehören und man dürfe über andere Menschen, die nicht Deutsch sind, bestimmen. Manchmal glaube ich ihr nicht, weil ich sie schimpfen höre, dass der verdammte Krieg ewig dauern wird, und wir dann alles bitter bereuen würden. Dann hätten wir für alles, was wir angerichtet haben, zu bezahlen. Sie glaubt bestimmt, dass ich sie nicht höre. Wenn sie wüsste, dass ich es täte, bliebe sie gewiss stumm.

Meinen Vater habe ich schon ein Jahr lang nicht gesehen. Er kämpft an der Ostfront gegen die Russen. Mama sagte mir, dass Papa unser Land verteidigt. Da ich nicht wusste, wo Russland ist, hat Klara mir das Land im Atlas gezeigt. Russland ist ganz schön weit weg, und ich verstehe nicht, warum Papa nach Russland fahren muss, um uns zu beschützen, wo wir doch in Deutschland wohnen. Klara erzählte, dass es im Winter ganz kalt in Russland sei. Außerdem wäre Russland viel größer als Deutschland, aber bald würde ganz Russland den Deutschen und auch uns gehören. Ich weiß gar nicht, ob ich was von diesem Land haben will. Mir reichen mein Zimmer und das Dorf, in dem ich lebe. Ich will nichts von den Russen. In der Schule habe ich gelernt, dass Russen Untermenschen seien. Das sei ein ganz hinterlistiges und verlogenes Pack. Der größte Feind der Menschheit sei allerdings der Jude, denn der habe ja schließlich auch unseren Heiland umgebracht. Den Lehrer, der das sagte, habe ich merkwürdigerweise niemals in der Kirche gesehen und gottgläubig scheint der auch nicht zu sein. So wichtig kann ihm also Jesus auch nicht gewesen sein. Überdies ist Jesus schon lange tot, fast schon zweitausend Jahre lang. Ich glaube, dass die Juden von heute nichts dafürkönnen. Kain hat ja auch Abel erschlagen. Vielleicht war Kain ja ein Deutscher. Bin ich jetzt schuld daran, dass Abel von Kain umgebracht wurde?

Bis vor einem Jahr wohnte die Familie Goldstein in unserer Straße. Das waren wohl auch Juden. Jedenfalls hat das der Lehrer so behauptet. Bis vor einiger Zeit habe ich die Goldsteins noch vor ihrem Haus gesehen und das fast täglich, denn ihr Haus liegt an meinem Schulweg. Auf einmal waren sie weg und niemand konnte mir sagen, wo die abgeblieben sind. Ich finde, dass die Goldsteins ganz liebe Menschen waren, anders als der Lehrer das behauptet hatte. Sie sprachen wie wir, arbeiteten, pflegten das Haus und den Garten wie wir, waren immer freundlich und wurden von den anderen Nachbarn zum Geburtstag eingeladen. Manchmal bekam ich von Herrn Goldstein einen Apfel geschenkt und einmal hat er mein Fahrrad repariert. Ich kann mich nicht erinnern, jemals Angst vor ihnen gehabt zu haben. Plötzlich wurden die Goldsteins aber nicht mehr gemocht, und kein Nachbar wollte etwas mit ihnen zu tun haben. Mir ist aufgefallen, dass sie seit einiger Zeit einen gelben Stern an ihrem Mantel trugen. Der Lehrer sagte, dass man daran den Juden erkennt, wenn man sie nicht schon vorher aus großer Entfernung gerochen hat. Das soll ein ganz übler Geruch sein, so wie Niedertracht und Falschheit eben stinken. Außerdem würde jeder Jude verdorben sein und hätte diesen verschlagenen Blick und oft dazu noch eine große Hakennase. Ich weiß nicht, ob ich das glauben soll, denn die Goldsteins haben ganz normal geguckt, und ihre Nasen waren auch nicht größer als die meiner Eltern. Und übel gerochen haben sie auch nicht, ganz im Gegenteil, Frau Goldstein duftete ganz fein nach Parfüm, so als wäre man auf einer Blumenwiese.

Mein Tagebuch füllt sich schnell und ich habe Angst, wenn ich jeden Tag etwas hineinschreibe, dass es bald voll sein wird und ich ein Neues brauche. Das kann aber dauern, weil mein nächster Geburtstag noch so weit entfernt ist. Also nehme ich mir vor, nur dann etwas aufzuschreiben, wenn ich glaube, dass es wirklich wichtig ist.

(3)

Jonas ging seiner Arbeit nach und versorgte die
Bewohner, die ihm zugeteilt waren, wie jeden
Morgen. Die Station im Erdgeschoss hatte aufgrund
der Büros des Pflegedienstleiters, des Heimleiters,
der zusätzlich über ein Vorzimmer verfügte sowie ein
großes Besprechungs- und Veranstaltungszimmer
zwar genauso viele Bewohnerzimmer wie die erste
Etage, aber alle fünf Einzelzimmer lagen im
Erdgeschoss, von denen jetzt eines auf tragische
Weise frei geworden war. Dafür befand sich in der
ersten Etage der Soziale Dienst, dem drei Räume
zugewiesen wurden. Der Soziale Dienst war das
Stiefkind des Heimes. Manche Kollegen der Pflege
nannten sie despektierlich die „Mensch-Ärgere-Dich-
Nicht"-Spielgruppe. Die vier Kolleginnen des
Sozialen Dienstes waren sehr motiviert und sorgten
sich liebevoll um alle Bewohner, um sie zu
integrieren und ihnen ein einigermaßen erträgliches
Leben im Heim zu ermöglichen. Das Leben im
Heim war eben doch mehr als schlafen, essen,
trinken und Pflege. Im sozialen Bereich waren die
Kolleginnen des Sozialen Dienstes außerordentlich
kreativ und hatten zudem sich ein Netzwerk
aufgebaut, das weit über die Grenzen des Heimes
hinausging. Manch einer, der eigentlich nichts mit

dem Heim zu tun hatte, engagierte sich ehrenamtlich und opferte die eigene Freizeit dafür. Etwas kostenlos zur Verfügung stellen, dieser Gedanke würde bei dem Führungstrio, der „Laus", dem schönen Viktor und dem schmierigen Becker sofort Übelkeit auslösen. Da tranken die lieber puren Essig und verzogen beim Genuss noch nicht einmal das Gesicht. Lieber Essig saufen als irgendetwas für andere Menschen kostenlos machen. Wofür gibt es Geld, war ihr Lebensmotto. Das Leben war eben ein ständiges Bezahlen und bezahlt werden.

Leider bestanden aber nach wie vor diese Grabenkämpfe zwischen Pflege und Sozialem Dienst. Auch der Soziale Dienst könnte über die Pflege verächtlich sagen, dass sie nur für das „Hinternabputzen" und Essen anreichen zuständig seien, tat es aber nicht. Die einzig schwierige Person war die Leiterin des Sozialen Dienstes. Immer auf Konfrontationskurs, alles Neue abblockend und die alten Zöpfe wuchsen weiter still vor sich hin. Dieser Frau ging man besser aus dem Weg, denn wenn die dich verbal kurz vor Feierabend packte, war es um die Pünktlichkeit geschehen. Schade, dass man den Begriff „Fräulein" formell abgeschafft hatte. Bei Konstanze Engelhardt wäre er aufgeblüht und zu neuem Leben erwacht. Jonas fragte sich manchmal, wie es die Kolleginnen des Sozialen Dienstes mit ihr aushielten. Das, was Jonas an Konstanze gefiel, war, dass sie keine Hemmungen hatte, ihre antiquierten Ansichten auch dem Heimleiter und seinem Adlatus zu präsentieren und das unnachgiebig und ohne Unterlass. Vielleicht war das der Grund, warum der Soziale Dienst räumlich so weit von der Leitung entfernt war. Jonas hätte sich gewünscht, sie wären direkte Heimnachbarn. Er hätte glatt fünf Euro darauf gewettet, dass Konstanze die beiden Vorsitzenden in den Wahnsinn und zur Kündigung getrieben hätte. Jonas mochte die Vorurteile seiner pflegenden Kollegen nicht, denn das spielte der Politik des Heimleiters in die Karten, der darauf bedacht war, sich selbst aus der Schusslinie zu nehmen und die Schuld an mancher Misere einer der beiden Lager, meistens aber dem Sozialen Dienst, zuzuschieben. Es war eine alte Weisheit der Führung: Willst du über deine eigenen Unzulänglichkeiten hinwegtäuschen, dann spiele Gruppen, denen du vorstehst, gegeneinander aus.

Jonas gehörte der Station „Frühling" an, während sich die darüber befindliche Station „Sommer" nannte. Eigentlich waren das Namen, die zynisch klangen, denn nicht ein einziger Bewohner befand sich im Sommer und schon lange keiner im Frühling seines Lebens. Bei der Namenverteilung hatte man vergessen, dass das Jahr aus vier Jahreszeiten besteht oder aber, man will irgendwann auf vier Stockwerke aufstocken, um die Unterbringungskapazitäten zu erhöhen. Unterbringungskapazitäten gehörte sicherlich zum Sprachgebrauch der Hilke Kasper-Lauser. Der schöne Viktor würde ihr beipflichten und sicherlich noch einige Ebenen hinzufügen wollen mit der Begründung, dass man somit auch den Monaten gedachte und vielleicht das höchste Seniorenheim in ganz Deutschland wäre. Im obersten Stock könnte man die unterbringen, die lebensmüde waren, oder an denen man am wenigsten verdienen würde. Noch besser wäre eine Kombination aus beidem. Der dicke Becker dürfte überhaupt nichts dazu sagen, denn die Aussagen beinhalteten ja keine Fragen. Zu Jonas Pflegebereich gehörten also fünf Einzel- und zehn Doppelzimmer. Die anderen fünfzehn Doppelzimmer waren dem „Sommer" zugedacht.

Nun betrat er das Zimmer von Karl Singer, einen, der die neunzig Jahre längst vollendet hatte, meistens im Bett lag und wenn er dieses verließ, auf einen Rollstuhl angewiesen war. Die Betreuung des Herrn Singer war nicht einfach, zum einen war er ein verschlossener, grober und stets schlechtgelaunter

Mensch und zum anderen war er der Vater des Bürgermeisters von Siekhausen. Allein aus diesem Grund bewohnte er nicht nur ein Einzelzimmer, sondern bekam auch eine Sonderbehandlung, auf die alle anderen Bewohner neidisch gewesen wären. Im Hause munkelte man, dass der Sohn keinen Pfennig für die Unterbringung seines Vaters bezahlen müsse. Jonas konnte sich das nicht vorstellen, denn bei den Vergünstigungen müsste er mindestens das Doppelte von dem bezahlen, das man den übrigen Bewohnern abnahm. Jonas begrüßte Herrn Singer höflich, der noch im Bett lag. Singer entgegnete: „Was willst du hier? Hau ab Jüngelchen. Ich will von Schwester Beate bedient werden. Du bist mir zu hässlich. Außerdem stehe ich nicht auf Männer." Jonas nahm es gelassen und antwortete: „Ich find sie auch toll und kann genauso gut ihr Bett machen wie Schwester Beate. Ansonsten wünsche ich ihnen auch einen schönen Morgen." Ohne eine Antwort abzuwarten, ergriff Jonas Singers Kopfkissen und dann fiel es ihm ein. Das hatte er übersehen. Ich muss sofort in Luises Zimmer. In großer Eile bereitete er Herrn Singer auf das Frühstück vor, der ihn beim Waschen mit weiteren Freundlichkeiten überschüttete. Das war Jonas jetzt aber völlig gleichgültig.

Er verließ Singers Zimmer, lief über den Flur und trat in Luises Zimmer. Sie lag nicht mehr im Bett. Das Beerdigungsinstitut hatte sie offensichtlich schon abgeholt. Zum Glück war das Bett noch nicht abgezogen und das Kopfkissen befand sich noch darauf. Das Kissen passte nicht zum Bett, denn solange er Luise Remmers kannte, schlief sie immer ohne Kissen. Das wusste jeder, der sie kannte und deshalb befand sich auch kein Kissen in ihrem Zimmer. Woher kam nun dieses? Er musste unbedingt Natalie fragen, ob Luise gestern Abend gegen ihre sonstigen Gewohnheiten um ein Kopfkissen bat. Das war die einzig sinnhafte Erklärung dafür. Natalie aber hatte Nachtwache und war bestimmt jetzt noch nicht wach. Sobald er Feierabend hätte, dürfte er nicht vergessen, sie anzurufen, um sie nach der Herkunft des Kopfkissens zu befragen.

16.04.1944

Jetzt muss ich es aufschreiben, denn das, was ich heute erlebt habe, geht mir nicht mehr aus dem Kopf. Klara und ich mussten wieder nach der Schule zu den Lehmanns. Eigentlich ist das nicht ganz richtig, weil ab mittags nur Karl Lehmann zu Hause war, der sich immer mehr auf unser Erscheinen zu freuen schien. Wir klingelten an Lehmanns Haustür. Karl öffnete die Tür, sah uns höhnisch an, und seine Augen verrieten, dass er sich diebisch freute, allerdings blickte er uns nicht freundlich an, sondern irgendwie verschlagen, als hätte er heute etwas Besonderes mit uns vor. Er geleitete uns in die Küche und ordnete an, dass wir uns an den Küchentisch setzen sollen. Mir wies er einen Küchenstuhl zu und Klara befahl er, dass sie sich auf die gegenüberliegende Bank setzen solle. Wir befolgten wie immer, das, was er wollte. Kaum hatte Klara Platz genommen, setzte Karl sich direkt neben sie und obwohl die Bank genug Platz bot, rückte er ganz nah an sie heran. Klara veränderte ihren Gesichtsausdruck und wandte ihren Blick ganz angewidert von ihm ab und schaute verstört aus dem Fenster. Ich glaube, sie wollte jetzt überall sein, nur nicht hier in Lehmanns Küche und schon lange wollte sie nicht neben Karl sitzen. So saßen wir eine

Weile und sprachen kein Wort. Plötzlich herrschte Karl mich an und befahl mir, ich solle am Tisch sitzen bleiben und mich ja nicht wegrühren. Ich erschrak. Zu Klara sprach er, dass sie sein Zimmer aufsuchen solle, denn es gäbe einiges aufzuräumen. Klara öffnete den Mund, brachte aber kein Wort heraus, quälte sich von der Bank und ging mit gesenktem Kopf über eine im Flur befindliche Holztreppe in die erste Etage, da sich dort Karls Zimmer befand. Karl blieb zunächst kurz sitzen, stierte mich an und drohte plötzlich: „Bleib bloß sitzen und beweg dich erst, wenn ich wiederkomme! Ansonsten passiert was! Ist das klar?", wobei er offenließ, was passieren würde, wenn ich vorher aufstünde. Er untermalte seine Drohung, indem er mit seiner Handkante an seinem Hals entlangstrich, so als würde er mir sinnbildlich damit verdeutlichen wollen, anstatt seiner meine Kehle durchzuschneiden. Dann knarzten die Stufen der Holztreppe und ich wusste, Karl ging nach oben in sein Zimmer und zu meiner auf ihn wartenden Schwester.

Ich saß da allein am Küchentisch und dann ich hielt es nicht mehr aus. Mir war es egal, ob Karl mir den Kopf abschneidet; ich musste wissen, was meine Schwester und Karl im Zimmer machten. So stand ich auf, betrat den Flur und stieg die Treppe hinauf. Vorsichtig nahm ich Stufe für Stufe. Bitte liebe Treppe bleibe ruhig, knarze und verrate mich nicht. Mir stieg der Schweiß auf die Stirn, allerdings nicht wegen der körperlichen Anstrengung, sondern von der Anspannung, unter der ich jetzt stand. Nach einer gefühlten Ewigkeit hatte ich den oberen Flur erreicht. Vier Zimmer gingen von diesem ab; zwei zu meiner linken und zwei zu meiner rechten Seite. Ich wusste nicht, hinter welcher Tür sich Karls Zimmer verbarg. Drei der vier Türen waren geschlossen, die vierte ganz hinten rechts war lediglich angelehnt. Aus diesem Zimmer drang leises, bedrohliches Flüstern. Das muss Karls Zimmer sein! Ganz eindeutig gehörte die Stimme Karl und von meiner Schwester war nichts zu hören, aber ich war mir sicher, dass auch sie sich im Zimmer befand. Ich schlich den Flur entlang, erreichte schließlich die angelehnte Tür und schaute durch den Spalt der offenen Tür in das Zimmer hinein. Leider konnte ich nur einen Ausschnitt des Zimmers einsehen. Niemals hätte ich versucht, die Tür weiter zu öffnen, um das gesamte Zimmer zu sehen. Der Einblick, den ich hatte, reichte aus, um die Beiden erkennen zu können. Da stand Karl mit dem Rücken zur Tür und direkt vor ihm sah ich Klara, die in meine Richtung blickte. Ich sah ihr angstverzerrtes Gesicht und sie, die zur Tür blickte, schien mit abwesendem Blick durch alles hindurchzusehen. Mir stockte der Atem.

(4)

Jonas hatte endlich Feierabend. Die Zeit, die er in Luise Remmers Zimmer verbracht hatte, hatte er bei der Versorgung seiner Bewohner aufholen können. Sein tägliches Arbeitspensum war so eng bemessen, dass selbst die tariflich vereinbarten Pausen häufig nicht eingehalten werden konnten. Es war schon perfide, besann man sich auf die Pause, ging dieses zulasten der Bewohner. Saß er dennoch im Pausenraum oder besser formuliert im Schwesternzimmer und aß sein Brot, hatte er sofort ein schlechtes Gewissen. Zwar war die Zeit für die Grundpflege gerade noch ausreichend, so fehlte es an dieser, wenn es darum ging, sich Zeit zusätzlich für einen Bewohner zu nehmen, den beispielsweise die Einsamkeit zu erdrücken drohte. Menschen haben nicht nur Grundbedürfnisse, sondern müssen auch das Gefühl haben, als Individuen wahrgenommen zu werden. Dazu gehören Aufmerksamkeit, Mitgefühl und vor allem Gespräche. Jonas unterschied sehr wohl zwischen Mitgefühl und Mitleid. Mitleid war fehl am Platze und niemand der Bewohner wollte bemitleidet werden. Anders verhielt es sich, wenn Bewohner über Alltägliches sprechen wollten und hierbei wurde auch oft der zunehmende körperliche oder auch geistige Verfall zum Ausdruck gebracht, denn jeder wusste, zu was er früher zu leisten imstande gewesen war und der Ausspruch: „Mit mir ist nicht mehr viel los", konnte durchaus Mitgefühl erzeugen. Das einzige, was Jung und Alt trennte, war die Zeit und die ist relativ, denn ein Menschenleben dauerte im Vergleich zur Evolution ein Wimpernschlag an und keinesfalls länger. Ohlsen meinte, für die Zuteilung des Seelenbalsams sei ausschließlich der Soziale Dienst zuständig und wenn der wie immer nicht in die „Puschen" käme, so sei das deren Versäumnis und dieses ginge eben zulasten der Bewohner. Klare Strukturen und Abgrenzungen der Aufgabenbereiche waren unabdingbar und jeder machte das, wofür er eingestellt wurde und wofür er bezahlt wird. Die Abgrenzung der Pflege zum Sozialen Dienst war so starr, wie einst die Berliner Mauer, die auch ein Volk voneinander, das mal zusammengehörte, strikt getrennt hatte. Ob nun der Bewohner X sozial betreut wurde oder nicht, führte ja nicht zu dessen Tod. Wurde allerdings nicht vernünftig gepflegt, wurde er krank und konnte versterben, wenn es schlecht lief. Wieder einmal bewies der schöne Viktor die Kunst, beide Bereiche gegeneinander auszuspielen, indem er gegenüber der Pflege behauptete, sie war die alleinige Speerspitze oder das Rückgrat des Heims. Säße anstatt meiner jetzt hier

Sabine Siegmann, die dem Sozialen Dienst angehörte, so wäre die Ansprache des schönen Viktors sicherlich eine andere gewesen. Er würde behaupten, wenn man den Bewohnern einmal weniger mit dem Waschlappen durchs Gesicht fuhr, verstürben sie nicht daran. Nimmt man ihre Seele und die sozialen Bedürfnisse aber nicht ernst, verwelken sie wie eine zu wenig begossene Topfblume. Der Lebensbalsam für die Bewohner wurde durch die Sozialbetreuer aufgetragen, das läge doch auf der Hand.

Jonas wusste, dass Sabine Siegmann Viktor, den Schönen, auch längst durchschaut hatte und die faden, verlogenen Sprüche genauso widerlich fand wie Jonas selbst. Sabine war die gute Seele und der gute Geist des Sozialen Dienstes. Im Gegensatz zur kampfestollen Konstanze verstand sie es, die Gruppierungen um die Pflege, den Sozialen Dienst und sogar Mitarbeiter der Küche zu einen, obwohl sie von Ohlsen wusste, dass er genau das nicht wollte. Ohlsen vergaß oft, dass auch die Mitarbeiter aus der Küchenabteilung zum Leben des Heimes dazugehörten und ignorierte sie geflissentlich. Die Kollegen aus der Küche gaben sich redlich Mühe, mit dem wenigen Geld, das ihnen für die Zubereitung der Mahlzeiten für die Bewohner zur

Verfügung gestellt wurde, auszukommen. Zu den
Höhepunkten für die Bewohner gehörte nun einmal
auch die gemeinsame Einnahme der Mahlzeiten in
den Speisesälen der beiden Wohnbereiche. Hierbei
wurde ausgiebig untereinander kommuniziert. Selbst
Menschen, die stark demenziell erkrankt waren,
nahmen rege am verbalen Austausch teil. Für sie bot
sich zudem die Chance, der Einsamkeit, die ihre
Zimmer sonst für sie bereithielt, für diese Momente
zu entfliehen. Die Bewohner, so war der Leitspruch
der Küche, hatten einen Anspruch auf tägliche
Abwechslung und viele von ihnen kannten noch die
gute alte deutsche Kost, die sie an ihre Vergangenheit
erinnerte und schöne Erinnerungen an diese weckte.
Dazu gehörte beispielsweise auch der typische Braten
am Sonntag, dessen Zubereitung aber so gar nicht in
das Budget passte und viel zu teuer war. Natürlich
stellte auch die Geschäftsführung immer wieder die
Frage, ob hier nicht noch Sparpotenzial vorhanden
wäre. Der schöne Viktor als der König der
Seniorenresidenz, als der Alleinherrscher auf dem
Thron, geachtet, geliebt und von den Frauen
vergöttert, so sah er sich und so sah nach seiner
Meinung auch seine Bestimmung aus. Allerdings
hatte er mit dieser Auffassung das
Alleinstellungsmerkmal, denn zumindest die Anzahl
der Kolleginnen, die er mit seinem Aussehen

beeindrucken konnte, nahm kontinuierlich ab. Nun gut, so ganz allein war er denn dennoch mit seinem Selbstbildnis nicht, denn die Gunst des unterwürfigen Beckers war ihm gewiss. Jonas kam das Musical „König der Löwen" in den Sinn, das er vor einiger Zeit in Hamburg gesehen hatte. Ohlsen gehörte die Rolle des bösen „Scar" zugedacht, der sein Löwenreich mit Intrigen regierte und sich die Tierschärgen, dargestellt als eine Band von Hyänen, zunutze machte. Becker hingegen spielte gleich mehrere Rollen; er verkörperte fast ganzheitlich die Horde dieser Hyänen. Eine dieser Hyänen, so glaubte Jonas sich erinnern zu können, trug den Namen Ed und war der Anführer und der direkte Vertraute des bösartigen Scars. Ed Becker, ein neuer Spitzname war geboren; passend und wenig schmeichelhaft, sofern man den Bezug zum Musical herstellte.

Jonas wollte das Heim gerade verlassen, da kam ihm auf dem Flur, kurz vor dem Ausgang, schnellen Schrittes Heinz Singer entgegen. Heinz Singer, der Bürgermeister von Siekhausen und der Sohn des Karl Singer. Beide sahen sich verblüffend ähnlich, nur dass Heinz eben jünger war. Die Singers waren mittelgroß, wie sagt man heute so schön, um nicht despektierlich zu wirken, vollschlank und hatten schütteres Haar. Heinz hatte sein restliches Haar verzweifelt zur Seite gekämmt, um seine fortschreitende Glatzenbildung zu vertuschen. Bei seinem Vater war das nicht mehr notwendig, da es nichts mehr zum Frisieren gab, da sich die Halbglatze zum vollkommen haarlosen Kopf entwickelt hatte. So wie es sich für ein solches Amt als Bürgermeister geziemt, betrat Herr Singer das Seniorenheim wie immer im Anzug. Singer schien es derart eilig zu haben, dass er von Jonas keine Notiz zu nehmen schien, sodass sogar der Tagesgruß ausblieb. Jonas wunderte sich über die Anwesenheit am Mittag, denn eigentlich besuchte der Bürgermeister nur alle vierzehn Tage seinen Vater und das in den Abendstunden. „Besucht der wirklich seinen alten Herrn oder hat er einen anderen Termin?", fragte sich Jonas. Das alles hatte Jonas Neugier geweckt. Er trat ins Freie und ging um das Haus herum, bis zu dem Fenster, das zu Karl Singers Zimmer gehörte. Herr Singer lag im Bett und war allein im Zimmer. Ob er wach war oder schlief, konnte Jonas nicht erkennen. Wo war der junge Singer? Jonas umrundete das gesamte Haus, das ringsherum gepflastert war und lugte auch eher zufällig in das Büro des schönen Viktor hinein. Da saßen sie beide in schöner Eintracht, Ohlsen befand sich vor seinem Schreibtisch und Singer hatte dahinter Platz genommen. Beide schienen sich angeregt zu unterhalten. Leider konnte Jonas nichts vom Inhalt des Gespräches hören, hätte aber viel dafür gegeben, Mäuschen zu spielen. Es ergab keinen Sinn, weiter vor dem Fenster auszuharren, denn spätestens, wenn er bemerkt worden wäre, hätte er sich später vor Viktor rechtfertigen müssen, warum er draußen herumlungerte. Also begab er sich zurück zum Schotterparkplatz, stieg in sein Auto und fuhr nach Hause. Dort angekommen, nahm er ein Brausebad und rief Natalie anschließend an, um sie nach der Herkunft des Kopfkissens in Frau Remmers Zimmer zu befragen.

Tatsächlich erreichte er Natalie, die am Telefon noch immer ein wenig verschlafen klang. Sie sagte, dass sie kaum ein Auge zugetan hätte, denn sie musste immer noch an den Tod der alten Dame denken und wie schwer ihr, ihr Verlust fiel.

Das war die Gelegenheit, um nach dem Kopfkissen zu fragen. Natalie war sich sicher, dass Frau Remmers ohne Kissen eingeschlafen wäre und Luise hätte auch während der Nacht nach keinem Kissen gefragt. Wie dieses Kissen schließlich ins Zimmer bzw. ins Bett gelangt war, war ihr schleierhaft. Auch wäre in ihrem Zimmer niemals ein Kopfkissen vorhanden gewesen. Da war sich Natalie ganz sicher.

Jonas wusste, dass sich Ersatzkissen im Einbauschrank, der im Flur in die Wand eingelassen war, befunden hatten. Da der Schrank stets unverschlossen war, hatte also praktisch jedermann Zugriff auf diesen und das zu jeder Zeit. Morgen hatte er frei und diesen freien Tag wollte er nutzen, um Frau Remmers Zimmers genauer zu untersuchen, bevor ihre Möbel abtransportiert würden. Eine Erlaubnis brauchte er gar nicht erst einholen, da er die Antwort auf sein Ansinnen kannte. Auf dieses „Nein" ausgesprochen vom Pflegedienstleiter, konnte er bestens verzichten.

16.04.1944

Ich konnte Karl zwar flüstern hören, aber, was er genau sagte, hörte ich nicht. Er sprach leise, aber sein Tonfall war barsch, fordernd und unfreundlich. Dieser richtete sich an Klara und war unmissverständlich. Dann vernahm ich doch was, weil Karl etwas für einen kurzen Moment etwas lauter sprach: „So, nun will ich das endlich zu Ende bringen, auf das wir uns so lange vorbereitet haben. Der Spaß kann beginnen! Damit uns deine Schwester, die blöde Göre, unten nicht hört, mache ich erstmal die Tür zu", weissagte er. Das war mehr als eine Warnung für mich, denn Karl drehte sich plötzlich ruckartig zur Tür um und ging auf sie zu. Ich konnte gerade noch mein Gesicht vom offenen Spalt abwenden und drückte meinen Körper ganz nahe an die Wand des Flures. Mein Herz pochte, denn ich vernahm Karls Schritte im Zimmer, die immer näherkamen. Öffnete er jetzt die Tür ganz und schaute in den Flur, musste er mich entdecken und was dann mit mir passierte, wollte ich erst gar nicht ausmalen. Zu meinem Glück drückte er die Tür nur von innen zu, und ich blieb unentdeckt. Ich lauschte, konnte aber nichts mehr aus Karls Zimmer hören. Da ich nicht wusste, wann die beiden das Zimmer verlassen würden, entschloss ich mich, leise

auf meinen zugewiesenen Platz in der Küche
zurückzukehren.

Nach einiger Zeit saß ich wieder auf dem Stuhl und
versuchte das Gesehene zu deuten. Was will Karl zu
Ende bringen und woran hätte er so viel Spaß? War
das das Ende des Aufräumens? Wenn das so wäre,
warum hat er die Tür zugemacht und warum sind die
beiden nicht längst wieder in der Küche? Es musste
eine andere Erklärung dafür geben. Sobald Mama
uns abgeholt hat, würde ich Klara zu Hause fragen,
was Karl von ihr eigentlich wollte. So wartete ich
voller Ungeduld in der Küche, hatte Angst um Klara,
aber auch um mich.

Nach etwa zwanzig Minuten erschienen Karl und
Klara in der Küche. Karl grinste wie immer, aber
dieses Mal drückte es Zufriedenheit und Allmacht
aus. Klara blickte zu Boden, sprach kein Wort und
wirkte irgendwie verstört und verängstigt. Wir saßen
gemeinsam noch zehn Minuten in der Küche, ohne
auch nur irgendein Wort zu sagen.

Karl blickte abwechselnd von Klara und zu mir und
musterte uns unablässig, so als wolle er herausfinden,
ob auf unsere Verschwiegenheit Verlass wäre. Ich
glaube, er war sich schließlich sicher, dass wir
dichthalten würden.

Dann klingelte es an der Haustür. Karl erschrak und raunte: „Sollte eure Alte nicht erst um drei Uhr und nicht schon um halb drei Uhr erscheinen?" Er bekam von uns keine Antwort und ging schließlich kopfschüttelnd zur Haustür und öffnete diese. Karl begrüßte Mama mit den Worten: „Oh gute Frau, sie sind aber früh dran. Ihre Mädchen sitzen in der Küche. Sie haben sich wie immer sehr zuvorkommend verhalten. Besonders Klara ist ja ein wahres Goldstück. Fast hätte ich Goldstein gesagt, aber dieser Name ist ja besudelt durch die dreckigen Juden. Aber treten sie doch ein." Dann rief er in unsere Richtung: „So, ihr süßen Mäuse, eure Mama ist da, um euch abzuholen. Wir sehen uns dann morgen früh wieder. Ich freu mich schon. Es wird bestimmt wieder schön." Karls Stimme war kaum wiederzuerkennen, so sanft und freundlich sprach er plötzlich zu uns, aber das tat er nur dann, wenn seine oder unsere Mutter anwesend war. Mama nahm uns in Empfang, musterte uns kurz und oberflächlich, und dann gingen wir gemeinsam nach Hause.

Auf dem Weg nach Hause fragte ich Klara, was die beiden in Karls Zimmer gemacht hätten? Klara sah mich an und sagte traurig: „Das verstehst du nicht, denn dafür bist du so klein. So und nun lass uns niemals mehr darüber reden. Ich will auch nicht, dass du Mama etwas sagst. Versprich es mir bei allem, was dir heilig ist." Ich versprach, keinem ein Sterbenswörtchen davon zu verraten, war aber keinen Deut schlauer als vorher und eigentlich wusste ich auch nicht, was ich verraten könnte, selbst wenn ich es wollte.

(5)

Jonas hatte schlecht geschlafen und stand übermüdet auf. Er bewohnte eine typisch-unspektakuläre Zweizimmerwohnung und hatte sich daran längst gewöhnt, allein zu leben. Seine feste Freundin, mit der er mehr als fünf Jahre zusammen war, hatte zwar immer wieder den Versuch des Zusammenziehens unternommen, aber irgendwas sperrte sich bei dem Gedanken, die Wohnung teilen zu müssen, oder sogar eine neue, dann gemeinsame, die geräumiger war als seine, zu mieten. So schön auch das Zusammensein mit seiner Freundin war, so brauchte er einen festen Rückzugsort, der nur ihm gehörte, um dann wieder eine Weile sein eigener Herr zu sein. Zum Glück waren sie sich einig, dass sie keine Kinder haben wollten. Beide scheuten wohl die damit verbundene Verantwortung und die Aufgabe von vielen Freiheiten. Außerdem war Jonas nun schon fast vierzig Jahre alt und da seine Freundin nur unwesentlich jünger als er war, schien es auch nach ihrer Ansicht mittlerweile zu spät für eine ausgiebige Familienplanung zu sein. Weiterhin musste er zugeben, dass sein Lohn als Altenpfleger zu gering ausfiel, um dann eine Familie allein zu ernähren. Er war der Ansicht, dass Kinder ein verlässliches Zuhause mit einer festen Bezugsperson haben mussten, und da seine Freundin als Angestellte im Einzelhandel auch keine Unsummen verdiente, wäre sie es, die das oder die Kinder umsorgen müsste. Wäre seine Freundin eine Gutverdienerin, so wäre er auch zu Hause geblieben, um sich um Kinder und Haushalt zu sorgen. War sie aber nicht; also konnte das Kapitel des Nachwuchses für immer zugeklappt werden. Viele in seinem Bekanntenkreis hatten Kinder und sobald die das erste Lebensjahr vollendet hatten, wurden sie in eine Kita gesteckt und das, obwohl das Kind sich eher stolpernd als laufend fortbewegte. Man liebt sein Kind über alles, so wurde es von vielen Eltern glaubhaft behauptet und in diesem Zusammenhang auch erwähnt, wie wichtig ihnen die Entwicklung des eigenen Kindes gerade in den ersten prägenden Jahren war, und dann wurde der Erziehungsauftrag einer Erzieherin überlassen, die dann die eigenen Vorstellungen am Kind ausprobieren konnte. Wenn man Glück hatte, gab es hinsichtlich der Vermittlung von Werten und Verhaltensweisen keine großen Unterschiede. Allerdings hatte man Pech, so wandelte das Kind zwischen den Vorstellungen der Eltern und der Erzieherin hin und her. Jonas Meinung war diesbezüglich vielleicht antiquiert, aber unumstößlich: Kinder gehörten in den ersten Lebensjahren ins eigene Zuhause, um sich erstmal in dieser, für sie großen Welt zurechtzufinden. Die persönliche Weiterentwicklung und das Kennenlernen der Umwelt ringsherum hatte Zeit. Lasst doch die Kinder einfach schlafen und wenn sie wach werden wollen, sollten sie diesen Zeitpunkt noch selbst bestimmen können. Die Pflichten des Lebens kamen doch von ganz allein. Gezielt hatte man über die Jahre den modernen Frauen infiltriert, dass die Selbsterfüllung sowohl über eigene Kinder, aber auch über die gleichzeitige Ausübung eines Vollzeitjobs ging. Zumindest wurde in der Werbung so die emanzipierte Frau dargestellt: Eine Schar von Kindern, die fröhlich in der Designerstube umhersprangen, ein blitzsauberes Einfamilienhaus, eine Führungsfunktion bei einem Multi-Media-Konzern und ein Aussehen zum Niederknien und das alles wurde mit einem strahlenden und entspannten Lächeln untermalt, so als gäbe es keinen Anlass dafür, mit irgendeiner der Aufgaben überfordert zu sein. Offensichtlich gab es genügend Menschen, die an das dargestellte Bild glaubten und ihm nacheiferten und sich nur schwerlich eingestanden, dass auch ihr Tag nur aus vierundzwanzig Stunden bestand. Und da man den Vorgaben der Gesellschaft nicht gerecht werden konnte, hatte man versagt und erhielt automatisch das Prädikat „ungenügend". Wenn das keinen Frust verbreitete, was dann. Vielleicht war alles auch nur eine wirtschaftliche Berechnung der Arbeitgeber, denn in der Generation zuvor war der Mann der regelmäßige Alleinverdiener, dem man so viel bezahlen musste, dass er seine Familie ohne berufliches Zutun der Ehefrau ernähren konnte und dabei lediglich die 40-Stunden-Woche erfüllte. Heute kommt zum Hauptberuf noch eine Halbtagsbeschäftigung, sodass für einen vergleichbaren Standard nicht mehr vierzig, sondern sechzig Stunden Arbeit notwendig sind. Der Gewinner dieser Berechnung ist im Allgemeinen die Wirtschaft. Er konnte sich nicht vorstellen, dass jemand, der die Supermarktregale auffüllt, darin die Selbsterfüllung findet. Insgesamt hielt er sich aber mit der Kommunikation seiner Einstellung sehr zurück, denn die entsetzten Blicke vieler Frauen waren ihm gewiss, und da er ein friedliebender Mensch war, wollte er sich nicht in das Haifischbecken der Emanzipation und des Selbstverwirklichungswahns zum Baden begeben.

Jonas fuhr an seinem freien Tag ins Heim, um Luise Remmers Zimmer genauer unter die Lupe zu nehmen. Er stellte seinen Ford auf dem Schotterparkplatz ab, ging durch den Haupteingang, begrüßte die dort sitzenden Bewohner und erreichte über den Flur das Zimmer. Es war niemand darin und das Bett war abgezogen. Das Einzelzimmer der Luise Remmers bestand aus ihrem Bett, einem Ohrensessel und einer kleinen Sitzgruppe, an deren Tisch zwei Stühle standen. Weiterhin stand an der fensterlosen Wand ihr Kleiderschrank, den sie auch aus ihrem ehemaligen Zuhause mitgebracht hatte. Ansonsten war wie in jedem Zimmer ein Fernsehgerät an der Wand befestigt, sowie ein nebenan liegendes kleines Badezimmer vorhanden. Luise hatte ein paar Bilder aus ihrem vorherigen Leben aufhängen lassen. Weiterhin besaß sie eine opulente Anrichte, reich verziert, vermutlich in der Gründerzeit hergestellt, die mit drei Schubläden ausgestattet war und eine weitere, etwas kleinere. Die kleine Anrichte war so konzipiert, dass sie auch als Schreibsekretär verwendet werden konnte. An den Wänden waren Bücherregale befestigt. Luise war sehr ordnungsliebend, vielleicht dahingehend schon pedantisch. Waren in vielen Häusern Bücher nach Autoren oder Themen sortiert, so hatte sie ihre Bücher nach ihrer Größe aufgestellt, beginnend mit den höchsten und endend mit dem niedrigsten. Jonas fand diesen Charakterzug passend zum gesamten Erscheinungsbild der Luise Remmers. Auf einem kleinen Beistelltisch, der relativ niedriger war, aber mitnichten ein ebenfalls teures Möbelstück wie

die Anrichten darstellte, standen Porzellanfiguren.
Jonas nahm eine von den buntbemalten Skulpturen
vom Beistelltisch, drehte sie und las, dass diese in
Meißen hergestellt wurden. Glaubte man der
Prägung, stammte das gute Stück aus den Anfängen
des 18. Jahrhunderts. Kurz überlegte er, die Figur
einzustecken, um sie bei „Bares für Rares", das
Horst Lichter so wunderbar moderierte, vorzustellen
und einen vierstelligen Betrag dafür einzustreichen.
Aber natürlich war das nur eine fixe Idee, und er
verwarf sie sofort wieder. Das Vergreifen an
fremdem Eigentum käme für ihn nie in Betracht.
Betrachtete man alle Gegenstände und Möbel, die
Frau Remmers ins Heim gebracht hatte, so ahnte
Jonas, dass Luise sehr wohlhabend gewesen sein
musste. Kurz vor ihrem Einzug ins Heim hatte sie
vor etwa zwei Jahren ihr Eigenheim verkauft. Was sie
mit dem Verkaufserlös angefangen hatte, wusste
Jonas nicht. Sicherlich ist ein Teil für die dauerhafte
Finanzierung ihres Lebens in der Seniorenresidenz
vorgesehen gewesen. Er musste zugeben, so richtig
hatten ihn die wirtschaftlichen Verhältnisse, in denen
sich Luise bewegte, nicht interessiert. Dass sie nicht
verarmt war, konnte man dem Umstand entnehmen,
dass sie ein Einzelzimmer bewohnte. Die
Einzelzimmer waren wesentlich teurer als die
Doppelzimmer.

Jonas näherte sich der kleinen Anrichte, öffnete die drei Schubläden nacheinander, fand jede von ihnen randvoll mit weiteren Figuren, aus Glas bestehende Schalen, ein paar handgeschliffene Gläser, die man vor ein paar Jahren sammelte und die unter der Rubrik „Römergläser" verzeichnet waren. Die „Römergläser" setzten sich aus einzelnen, farbigen Glasstücken zusammen, die sorgfältig zusammengelötet wurden und somit ein Kunstwerk ergaben. Eines von diesen Gläsern hatte mal seine Oma besessen, die behauptete, dass dieses einzelne Glas mehrere Hunderte Mark gekostet hätte. Es waren noch weitere Wertgenstände vorhanden, die allesamt kostbar erschienen. Das, was sich für die Bücherregale feststellen ließ, spiegelt auch die Anordnung der Gegenstände in den Schubläden wider. Alles fein säuberlich verwahrt und nach Luise Remmers eigenwilliger Ordnung pedantisch sortiert. Er konnte bisher nichts Verdächtiges feststellen, das seinen Argwohn entfachte. Nun wandte er sich dem großen Koloss von der Anrichte zu. Er begann, sich von unten nach oben vorzuarbeiten. In den ersten beiden unteren Schubläden konnte er nichts Ungewöhnliches feststellen. Sie waren gefüllt mit Silber in Kannenform, einem dazugehörigen Tablett, Zuckerdose und Milchkännchen und hochwertigen Wandtellern, mit allerlei Motiven darauf. In der zweiten Schublade endete seine Nachschau mit dem Auffinden eines prall gefüllten Besteckkastens. Der Rest des Inhalts glich dem Bestand der ersten Schublade. Beim Besteck ging er davon aus, dass es sich dabei um altes Familiensilber handeln müsste. Alles war so eingelagert wie in der kleinen Anrichte, einem ordnungsliebenden „Luisischen" Gesetz folgend. Der Inhalt der obersten Lade war anders angeordnet. Die linke Seite war genauso mit weiteren Silberstücken ausgestattet, aber das letzte Drittel der Schublade war leer. Zu allem Überfluss waren mehrere Kerzenleuchter im „Grenzbereich" vom Vollem zum Leeren umgefallen. Das war nicht Luises Art. Sie hätte auch die oberste Schublade gleichmäßig gefüllt. Warum sollte ausgerechnet die oberste Lade nur zu zwei Drittel gefüllt sein, insbesondere vor dem Hintergrund, dass für Luises übrige Schätze gerade ausreichend Platz in den anderen Schubläden der Anrichten vorhanden war? Und wenn man schon Platz lässt, dann doch nicht dort, wo man leicht herankommt und sich nicht bücken muss. Demzufolge hätte allenfalls Platz in einer der unteren Schubläden bleiben müssen. War da etwas von Luise platziert worden und wenn, was? Wer hatte da etwas herausgenommen? Wenn dem so wäre, geschah das mit Luises Einwilligung oder hat jemand Luise bestohlen. Ein Dieb hätte leichtes Spiel gehabt, denn die Anrichten waren alle unverschlossen, unabhängig davon, ob das nun vernünftig war oder nicht. Diebstahl bliebe Diebstahl.

Neben dem Kopfkissen war das jetzt das zweite Indiz dafür, dass nicht alles mit rechten Dingen zugegangen war. Jonas nahm sich vor, sich näher mit der Person Luise Remmers zu befassen, mehr als er es im Rahmen seiner Aufgabe als Altenpfleger bisher getan hatte. Wie käme er an weitere Informationen heran, ohne dass jemand seine Neugier entdeckte und die falschen Rückschlüsse daraus zog? Viel schlimmer wäre es, wenn sie ihn für einen Spinner halten würden, der zu viele Kriminalromane gelesen hätte. Jonas Poirot oder Jane Kaufmann wären noch zu ertragen gewesen, aber würde man ihn als Inspektor Clouseau bezeichnen, der chaotische, französische Detektiv, der dem rosaroten Panther einen beträchtlichen Diamanten, hinterherjagt, wäre das viel schlimmer und sein bisher tadelloser Ruf wäre dahin. Der französische Detektiv war im Gegensatz zu den Ermittlern der Agatha Christie ein kompletter Tölpel. Das musste bedeuten, dass er so wenig Kollegen wie möglich in seinen noch nicht greifbaren Verdacht einweihen sollte. Am besten wäre nur eine Person, die kompetent, vertrauenswürdig und vor allem verschwiegen war und natürlich weitere

Informationen zu Luise Remmers besaß. Da gab es nur eine und die war im Sozialen Dienst hier beschäftigt: Sabine Siegmann.

20.04.1944

Der Führer, Adolf Hitler, hat Geburtstag und das wird in Deutschland gefeiert. Die Häuser, jedenfalls die, die noch nicht zerstört sind, werden an diesem Tag beflaggt. Dazu sind am Giebel, der zur Straße ausgerichtet ist, Halterungen ins Mauerwerk eingelassen, um daran Fahnen zu befestigen. Das sind ganz merkwürdig aussehende Fahnen, die in ihrer Mitte ein an allen vier Enden abgeknicktes Kreuz tragen und eine von ihnen sieht aus wie die andere. Ich wünschte mir, der Führer hätte häufiger Geburtstag im Jahr. Am besten den ganzen Sommer über. An diesem Feiertag müssen wir nicht zu den Lehmanns, weil wir keine Schule haben, und Mama ist auch zu Hause und muss nicht zur Arbeit. Klara hat sich in den letzten Tagen sehr verändert. Sie spricht kaum noch und vor allem lacht sie nicht mehr. Das war früher ganz anders. Gestern Nacht habe ich sie im Schlaf schreien gehört. Das klang ganz jämmerlich, und ich hatte richtige Angst um sie. Mama ging in ihr Zimmer und hat versucht, sie zu trösten. Da ihr das aber nicht gelang, hat sie den Rest der Nacht mit in Klaras Bett geschlafen. Vielleicht ist Klara einfach nur krank. Jedenfalls verlässt sich kaum noch ihr Bett und steht nur zu den Mahlzeiten oder wenn sie sich wäscht, auf. Sie ist wohl so krank, dass sie die letzten Tage nicht mehr zu den Lehmanns konnte. Mama muss aber dennoch arbeiten und so blieb Klara allein zu Hause. Ich bin wie jeden Tag morgens zu Lehmanns gegangen und von dort aus in die Schule. Am Mittag durfte ich direkt nach Hause gehen, weil Klara ja da war. Ich habe Mama dazu endlich überreden können, jetzt ab mittags immer nach Hause gehen zu dürfen, denn ich will nicht mit Karl allein sein. Er macht mir Angst, und ich finde ihn unheimlich. Seit Klara krank ist, war ich nach der Schule nur noch ein einziges Mal bei den Lehmanns. Karl schaute mich an diesem Mittag genauso an wie Klara. Ich musste mich auf die Bank setzen und Karl rückte ganz nah an mich heran. Gestern hat er gesagt, da Klara nun sein Zimmer nicht mehr aufräumen kann, muss ich das eben machen. Beim nächsten Mal will er mir zeigen, was ich aufzuräumen hätte.

Mama ist in den letzten Tagen fast verrückt vor Angst geworden, weil sie es eigentlich nicht will, dass wir allein bleiben. Aber sie hat mir ja versprochen, mittags nicht zu den Lehmanns zu müssen. Die Bombenangriffe haben zugenommen und wurden immer wieder vom Sirenengeheul angekündigt. Manchmal müssen wir auch in den Bunker. Das ist für Klara ganz anstrengend, weil sie ja so krank und geschwächt ist. Den Lehmanns wurde zum Glück ein anderer Bunker zugewiesen, sodass ich weder Karl noch seiner Mutter begegnen muss.

Mama sagt, wenn das so weiter mit den Bombardierungen geht, fällt die Schule bestimmt bald ganz aus. Sie weiß nicht, was sie dann mit uns machen soll. Wir haben sonst niemanden hier, der auf uns aufpassen könnte. Mama meint, es gäbe noch eine Tante in Norddeutschland, aber die wohnt viel zu weit weg. Aber nett sei sie, und außerdem hätte sie ein großes Haus mit ganz viel Platz. Aber eines Tages werden wir sie bestimmt mal besuchen, denn ich war noch nie bei ihr.

Ich habe Klara davon erzählt, dass ich nun Karls Zimmer zukünftig aufräumen soll. Sie wurde kreidebleich und schrie, dass sie das nicht zulassen würde. Ich dürfe dem Karl auf gar keinen Fall allein begegnen, egal, wann und wo das auch immer wäre. Wenn es darum geht, nie mehr zu Lehmanns zu müssen, redet Klara dann auf einmal ganz viel und sagt, dass sie alt genug sei, um auf uns beide aufpassen zu können. Sie will einfach dort nicht mehr hin. Sie sagt das, ja schreit das fast und weint dabei ganz bitterlich. Klara tut mir leid und ich versuche auch, Mama zu überzeugen, denn ich will auch nicht mehr dorthin und auch nicht mehr vor der Schule, wenn Frau Lehmann da ist. Mama zweifelt noch ein wenig, aber ich bin mir sicher, sie hat sich durch uns überzeugen lassen. Ich hoffe sehr, dass uns die Lehmanns in Zukunft erspart bleiben. Morgen ist Freitag und es ist sicher, dass die Schule ausfällt. Und wenn sie Freitag ausfällt, dann bestimmt auch am Samstag. Und ab Montag sind Klara und ich dann von den Lehmanns und vor allem von Karl befreit. Jetzt muss nur noch Klara gesund werden, und dann werden wir wieder eine glückliche Familie.

(6)

Jonas verließ das Zimmer der Luise Remmers und
hoffte, dass er Sabine Siegmann im Heim antreffen
würde. Er suchte die Räume des Sozialen Dienstes
auf und in einem der dortigen Büros traf er auf
Sabine, die am PC saß und offensichtlich
Eintragungen in den Pflegeplanungen vornahm. Für
jeden Bewohner wurde ganz individuell der Tages-
und Wochenablauf vorgeplant. Um allen Bewohnern
eine Orientierungshilfe zukommen zu lassen, wurden
jeweils wochenweise wechselnde Plakate im gesamten
Heim aufgehängt, aus denen die hauseigenen
Veranstaltungen zu entnehmen waren. Der jeweilige
Tagesablauf konnte ganz unterschiedlich ausgestaltet
sein, denn man unterschied intern zwischen den
fitten, den eingeschränkt fitten und den bettlägerigen
Menschen. Zu den fitten Bewohnern gehörte auch
Luise Remmers, die keinerlei fremder Hilfe
bedurfte, um beispielsweise zum Speisesaal zu
gelangen und noch an jeder im Hause angebotenen
Veranstaltung selbstständig teilnehmen konnte.
Eingeschränkt waren hingegen die Menschen, die
leicht demenziell erkrankt oder diejenigen, die auf
fremde Hilfsmittel, wie Rollatoren oder Rollstühle
angewiesen waren. Das bedeutete natürlich, dass eine
leichte Demenz nicht automatisch auch eine

körperliche Einschränkung mit sich brachte, aber sobald psychische oder physische Einschränkungen vorhanden waren, gehörten diese Bewohner der eingeschränkt fitten Gruppierung an. Je größer die Hilfsbedürftigkeit war, desto größer war auch der Pflegeaufwand. Dieser Aufwand war gerade bei den bettlägerigen Bewohnern besonders hoch. Hier galt es, dass z. B. die Körperpflege im Bett durchgeführt werden musste. Die Menschen bedurften Hilfe bei ihren Toilettengängen und waren auch auf Unterstützung beim An- und Ausziehen angewiesen. Weiterhin war es notwendig, da das eigenständige Aufsuchen des Speisesaals nicht möglich war, den Menschen die Mahlzeiten am Bett anreichen zu müssen. Ein unverzeihlicher Kardinalfehler war in diesem Zusammenhang, das Anreichen des Essens als Füttern zu bezeichnen. Die Immobilität bedeutete zudem, dass es schwierig war, diese Bewohner am Bewegungs- und Veranstaltungsangebot im Heim teilnehmen zu lassen. Insbesondere galt das für das Bewegungsangebot, das beispielsweise aus einer gruppenorientierten Sitzgymnastik bestand. Hier war eine Teilnahme ausgeschlossen. Allerdings gaben sich die Kollegen des Sozialen Dienstes alle Mühe, den bettlägerigen Menschen nicht komplett sich selbst zu überlassen. Gerade zu den kulturellen Veranstaltungen, die auch aus Vorlesungen oder

Musikveranstaltungen bestanden, wurden die Betten in die Veranstaltungsräume transferiert. Das war ein sehr aufwändiger Prozess, der nicht nur viel Zeit in Anspruch nahm, sondern vor allem sehr personalintensiv war. Ganz problematisch war es bei denjenigen, die sowohl ans Bett gefesselt als auch hochgradig dement waren. Diese Bewohner wurden dann in ihren Zimmern aufgesucht und man versuchte alles, in ihre Welt zu gelangen, in der die Demenz oftmals schon seit langem Einzug gehalten hatte, um wenigstens so einen psychischen Zugang zu ihnen bekommen zu können. Das alles diente dazu, dass dieser Mensch sich wahrgenommen fühlte, dass er noch dieser Welt angehörte, Wohlfühlmomente verspürte und nicht völlig vereinsamt auf sein Lebensende warten musste. Um diesen Zugang zu schaffen, bedurfte es eines großen Einfühlungsvermögens und vor allem, musste man sich vorher mit dem Menschen, seinen Bedürfnissen, Vorlieben, Abneigungen und mit seinem Leben vor der Demenz und eigentlich mit dem Charakter ganzheitlich befassen. Prinzipiell wäre dazu ein Buch, in dem sich die gesamte Biografie befindet, notwendig gewesen. Aber wenn es sich um diese Form der Biografien handelte, wurden sie veröffentlicht und die Titel allesamt denjenigen zugedacht, die glaubten, dass die Menschheit an ihrem Leben interessiert sein muss. Politiker, Schauspieler, Sportler und sonstige Künstler haben sich damit unsterblich gemacht, und es ist bestimmt unglaublich spannend, wie das Leben eines dreißig jährigen Fußballers verlaufen ist, da es ja schon fast zu Ende zu sein scheint. Dreißig Jahre betragen etwa ein Drittel der Lebensjahre vieler Bewohner in der Seniorenresidenz, die nicht nur den Krieg, die daraus resultierenden Entbehrungen und den Wiederaufbau erlebt hatten, sondern auch so vieles mehr, das ihr Leben so nachhaltig geprägt hatte. Setzt man die Länge der Lebensläufe nun in Relation zueinander, so fragte er sich, wer wohl das Interessantere als „Lebensbeichte in Buchform" zu berichten hätte. Außerdem nagten echte Zweifel an ihm, dass das Prominentendasein so dargestellt wurde, wie es sich wirklich zugetragen hatte. Glanz und Gloria für das eigene Ich und die Zuweisung von Verantwortlichkeiten und Schuld an andere, wenn es mal nicht so gut gelaufen war, und dann die Beschreibung der tränenreichen Erinnerung an den entscheidenden, verwandelten Elfmeter, der zu einem längst vergessenen Aufstieg geführt hatte, war ihnen zu eigen. Und natürlich war auch die Kindheit nicht immer so gut verlaufen; die Tapete im Kinderzimmer war zu dunkel und den falschen Schnuller hatte Mama dann auch noch gekauft und ihrem Zögling gegen seinen erklärten Willen in den Mund gesteckt. Wie soll man jetzt diese einschneidenden Erlebnisse der Kindheit ertragen? Manches Mal hielt auch viel später ein Psychologe Einzug und erklärte das Kindheitstrauma, da sich im Erwachsenenalter eine schwere, darauf basierende Depression ergeben hätte. Jonas mochte eben keine in Buchform präsentierten Biografien der Stars und Sternchen.

Er stellte sich vor, wie das bei ihm wäre, läge er schwerstbehindert und ohne Chance, sich mitteilen zu können, im Bett dieses Seniorenheimes. Wie schwer war es für die Pflege, aber erst recht für die Kollegen des Sozialen Dienstes herauszufinden, was er gerne isst und trinkt und welche Speisen und Getränke er verabscheut, von wem er Besuch haben möchte und mit wem er im Streit läge, welches Fernsehprogramm und welche Musik er bevorzugte. Letztlich war das eine komplette Analyse seines Lebens, an der er sich nicht mehr aktiv beteiligen konnte. Und diese Analyse sollte möglichst vollständig sein und keine gravierenden Fehler aufweisen. Er wäre den Kollegen hilflos ausgeliefert. Das beträfe nicht nur die pflegerischen Aspekte, die auf der Hand lagen, sondern auch seinen seelischen Zustand. Pflegefehler, die nicht vorkommen sollten, aber sich nicht immer vermeiden ließen und manchmal schuldiges, aber auch unschuldiges Verhalten beinhalteten, fallen irgendwann auf. Es zeigen sich dann sichtbare körperliche Reaktionen und man kann entsprechend reagieren und diese Wunden ärztlich versorgen. Sogar die Chance auf Heilung war realistisch. Der Körper war oftmals widerstandsfähiger als viele glaubten. Die Seelenwunden waren aber unsichtbar, da sich zum Beispiel die Demenz wie ein Schleier um die Seele mit all ihrer Verwundbarkeit legte und sie langsam aber sicher in diesem Schleier erstickte. Diese heimtückische Krankheit war wie ein Nebel des Grauens und die Kollegen des Sozialen Dienstes versuchten sich in diesem zu orientieren, um herauszufinden, wie man die Seele noch anrühren konnte, um wenigstens für kurze Momente Glück, vielleicht sogar innere Zufriedenheit zu erzeugen.

Die absolute Fachkraft in dieser Seelenheilkunde war die jetzt konzentriert vor ihrem PC sitzende Sabine Siekmann. Das war nicht nur ihm, sondern dem ganzen Hause bekannt. Sabine hatte sein Eintreten wahrgenommen, denn sie wandte ihren Blick vom Bildschirm ab und lächelte ihn an. Er entschuldigte sich artig für die Störung, denn allein die Frage, ob man stören würde, beinhaltete die Störung bereits und müsste in jedem Fall, sofern man ehrlich war, mit Ja beantwortet werden. Er unterließ es, die Frage nach einer etwaigen Störung zu stellen und wollte wissen, ob Sabine schon davon erfahren hatte, dass Luise Remmers verstorben war. Das war eine rein rhetorische Frage, um das Gespräch beginnen zu können. Sabine sah über den unbeholfenen Beginn der Unterhaltung hinweg und bejahte seine Frage. Jonas erklärte, dass ihn dieser Tod sehr betroffen gemacht hätte, vor allem, weil gerade Frau Remmers nicht nur geistig, sondern auch körperlich gut beieinander gewesen wäre. Sabine entgegnete, dass das bedauerlich und ungewöhnlich, aber nicht völlig auszuschließen war, da sich der Tod nicht vorschreiben lässt, wen er ereilt, sondern seine eigene Wahl trifft, und die ist oftmals nicht nachzuvollziehen. Jonas fasste sich nun ein Herz und erzählte von seinen Beobachtungen und den Ungereimtheiten und dann sprach er etwas aus, was er noch keinem Menschen zuvor berichtet hatten „Ich glaube, dass Luise Remmers nicht eines natürlichen Todes gestorben ist, sondern dass da aktiv nachgeholfen wurde. Außerdem könnte sie auch bestohlen worden sein. Und um ganz vermessen zu sein, könnten beide Taten im Zusammenhang zueinanderstehen." In Erwartung, jetzt Hohn, Spott und Unverständnis zu ernten, wartete er Sabines Reaktion ab. Sie runzelte ihre Stirn und antwortete: „Meinst du wirklich, denn das würde ja bedeuten, dass man Frau Remmers umgebracht hat. Ich kann mir das kaum vorstellen, denn wer sollte Luise etwas zuleide getan haben? Im Heim ist sie bei allen beliebt. Allerdings, wenn ich weiter darüber nachdenke, ist es schon komisch, dass man in ihrem Zimmer ein Kopfkissen gefunden hat, obwohl sie keine Verwendung dafür hatte. Auch, dass die oberste Schublade ihrer Anrichte zum Teil frei war, ist ungewöhnlich. Außerdem, wenn sie wertvolle Gegenstände in ihrem Zimmer aufbewahrte, die jeder hätte stehlen können, dann hatte die alte Dame bestimmt auch wertvollen Schmuck in ihrem Besitz, meinst du nicht?"

„Schmuck, das könnte allerdings das fehlende Puzzleteil sein!", überlegte er. Sabine hielt ihn nicht für einen Spinner. Sein Boot des Argwohns war jetzt nicht nur mit ihm allein besetzt. Sabine saß jetzt gemeinsam mit ihm darin und wollte ebenfalls rudern, wohin es auch immer ging. Jonas entgegnete im sicheren Gefühl, dass Sabine auch interessiert war: „Das stimmt, die freie Stelle in der Anrichte ist groß genug für eine Schmuckschatulle. Es sei denn, Luise hat ihren Schmuck im Safe des Heimes deponiert. Falls das nicht so ist, bin ich mir sicher, dass jemand es auf ihren Schmuck abgesehen haben könnte. Könntest du nicht mal in Erfahrung bringen, was sich in Luises Safe befunden hatte? Ich bin ehrlich, aber ganz viel weiß ich nicht über sie. Sie war, seitdem sie hier ist, immer selbstständig und brauchte uns als Pflegepersonal nicht sehr häufig. Natürlich kam man auch mit ihr ins Gespräch, aber wirklich Persönliches hat sie mir nicht erzählt. Dafür war einfach die Zeit zu eng bemessen". Weißt du mehr über ihre Lebensumstände?", fragte er Sabine.

Sabine erklärte: „Frau Remmers hat bei ihrem Erstgespräch eine umfassende Biografie vorgelegt. Ansonsten weiß ich, dass Frau Remmers keine nahen Angehörigen hatte. Zumindest keine, die sie regelmäßig besucht haben. Sie bekam überhaupt selten Besuch von anderen und das auch nur von einer Freundin, die allerdings fast jeden zweiten Tag das Heim aufsuchte. Ich habe immer mal wieder mit Frau Remmers gesprochen. Es waren auch längere Gespräche dabei. Sie war sehr interessiert an Kultur, Politik und alles, was die Welt so bewegte. Sie interessierte sich auch für Siekhausen und Umgebung und war auch mit der Kommunalpolitik vertraut. Ich meine mich erinnern zu können, dass sie sogar mal den Bürgermeister von Siekhausen getroffen hatte. Dieses Treffen muss für sie bedeutsam gewesen sein, da sie das Treffen eigens erwähnte. Insgesamt war sie sehr belesen und ihr Benehmen ließ darauf schließen, dass sie wohl aus gutem Hause stammte. Allerdings, wenn es um ihr eigenes Leben ging, war sie eher verschwiegen. Aber vielleicht hat sie in ihrer Biografie Erlebnisse aus ihrem bisherigen Leben aufgeschrieben und uns überlassen. Außerdem wurden auch die Ergebnisse des Erstgespräches niedergeschrieben. Deshalb müssen wir ihre Biografie lesen und die Notizen aus dem Erstgespräch einsehen. Vielleicht ergeben sich daraus weitere Erkenntnisse für uns." Jonas wusste, dass bei jedem neuen Bewohner ein Erstgespräch durchgeführt wurde, um den Menschen und seine Bedürfnisse kennenzulernen, aber auch mit dem Ziel, den Menschen schnellstmöglich in das Leben im Heim zu integrieren, damit ihm der Abschied vom alten Dasein erleichtert wird.

Fitte Bewohner konnten direkt befragt werden und man schrieb alles Wichtige auf und platzierte alle Informationen im Computer, damit alle Kollegen, die mit dem Menschen zu tun hatten, sich ein Bild über den neuen Bewohner machen konnten. Bei demenziell Erkrankten war das sehr viel schwerer, an bedeutsame Informationen zu kommen, da sie nicht mehr in der Lage waren, sich entsprechend zu artikulieren. Manchmal verstanden sie auch einfach den Sinngehalt der Fragen nicht mehr. Dennoch war immer wieder festzustellen, dass die Demenz zwar das Kurzzeitgedächtnis ausgelöscht hatte, aber die Erlebnisse aus der Vergangenheit waren durchaus noch präsent und abrufbar. Bei der Erstellung dieser Biografien war man auf die Mithilfe der jeweiligen Angehörigen angewiesen. Darin bestand oft das Dilemma: Kinder, Enkelkinder und Geschwister kannten häufig wenig bis gar nichts aus dem Leben des neuen Bewohners. Sie hatten sich nicht tatsächlich mit dem Menschen und das, was ihn umgab, beschäftigt und ihn so wahrgenommen, wie er eben war. Das eigene Leben war doch so viel bedeutsamer als das Leben der Mutter oder des Vaters. So sehr man sich jetzt auch bemühte sich zu erinnern, außer dem, was jedem bekannt war, kamen keine neuen Erkenntnisse hinzu. Und das Leben im Heim nur mit dem Vor- und Zunamen zu organisieren, war eben doch zu wenig. Das waren Informationen, die man auch aus dem Personalausweis entnehmen konnte. Andere Angehörige hatten schlichtweg keine Lust oder gaben vor, keine Zeit zu haben, die ihnen zur Verfügung stehenden Bögen der Biografie auszufüllen. Und wenn sie sich dann doch dazu erbarmten, waren die Angaben zu den einzelnen Fragestellungen allenfalls als rudimentär zu bezeichnen. Der Verwandte war jetzt im Heim und damit aus dem Sinn, allerdings dennoch in der stillen Erwartung, dass es ihnen dort schon gut gehen würde. Es ist schon aufwändig genug, den Verwandten zukünftig regelmäßig im Heim besuchen zu müssen. Wobei sich die Regelmäßigkeit auf einen Tag im Monat bezog. Aber um das zurückgelassene Eigentum würde man sich schon zu kümmern wissen.

Sabine erklärte, dass sie die Biografie der Luise Remmers besorgen könne. Allerdings müsse die kopiert werden, da das Original vielleicht noch gebraucht würde und es wäre auch besser, wenn man die Unterlagen außerhalb des Hauses studierte und Rückschlüsse daraus zöge. „Wir sollten vorsichtig sein, denn das Haus hat seine Ohren überall", sinnierte sie. Dann fiel Sabine ein: „Jetzt, wo so ein paar Ungereimtheiten zutage treten, ist mir aufgefallen, dass Luise, die ja ungewöhnlich freundlich, zuvorkommend und offen war, sich von einem Tag auf den anderen Tag auf einmal verschlossen und zurückhaltend zeigte. Ich glaubte, dass sie plötzlich vor etwas oder jemandem Angst hatte. Ich weiß nur nicht mehr genau, wann das war. Aber ich werde darüber nachdenken, denn das war schon sehr auffällig." Sabine hatte um vierzehn Uhr Feierabend und Jonas und sie verabredeten sich um fünfzehn Uhr im Café „Weingarten" in der kleinen Innenstadt von Siekhausen. Jonas verließ Sabines Büro und konnte es kaum erwarten, die Aufzeichnungen der Luise Remmers in seinen Händen zu halten. Außerdem war er froh, dass er jetzt mit Sabine eine kompetente Mitstreiterin an seiner Seite hatte. Mit ihr würde alles einfacher werden.

07.06.1944

Seit Führers Geburtstag mussten Klara und ich nicht
mehr zu den Lehmanns, weder vor noch nach der
Schule. Darüber waren wir sehr erleichtert. Mama
hat zwar immer noch Angst, wenn sie uns alleine
lassen muss, aber sie vertraute uns mittlerweile und
hoffte, dass uns während ihrer Abwesenheit nichts
passiert.

Mama hat mit Frau Lehmann gesprochen und ihr
gesagt, dass ihre Töchter nun groß genug seien,
alleine bleiben zu können. Frau Lehmann hat das
bedauert, gerade morgens wäre ihr unsere
Anwesenheit erfrischend vorgekommen, weil ihr
Karl ja gerade morgens ein echter Morgenmuffel sei.
Wie Karl unsere Abwesenheit findet, weiß ich nicht.
Das ist mir auch herzlich gleichgültig. Ich habe ihn
nicht mehr gesehen und Klara auch nicht, in Klaras
Fall hoffe ich das zumindest. Vielleicht wohnt Karl
auch gar nicht mehr zu Hause. Er hat mal gesagt,
wenn er siebzehn Jahre alt wäre, würde er Soldat
werden wollen. Er würde es dem Feind schon zeigen,
und der Führer wäre dann mächtig stolz auf ihn. Es
wäre für ihn eine Verpflichtung, zum Endsieg
beizutragen. Ich habe gedacht, jetzt wird alles gut und
Klara würde wieder gesund werden, und wir wären
wieder eine glückliche Familie. Leider habe ich mich

mit dieser Einschätzung sehr geirrt. Klara geht es weiterhin schlecht, und sie kränkelt nach wie vor. Sie muss sich ständig übergeben, klagt häufig über Übelkeit und Schwindel. Besonders schlimm ist aber, dass Klara sich auch sonst sehr verändert hat. Ihre Fröhlichkeit ist verflogen und einer tiefen Schwermut gewichen. Sie sitzt oft teilnahmslos auf einem Stuhl und schaut gedankenverloren aus dem Fenster. Dann vergisst sie wohl, wo sie ist und manchmal glaube ich auch, dass sie vergisst, wer wir sind. Ihre Leistungen in der Schule haben sich stark verschlechtert. Das liegt bestimmt auch daran, dass sie häufig fehlt. Mir sagte sie einmal, sie hätte keine Lust mehr auf die Schule, denn es wäre sowieso alles egal. Das Leben wäre eine einzige Plage und manchmal wünschte sie, dass es vorbei wäre. Ich habe dann richtig Angst und sage ihr, dass sie nicht so denken dürfe. Immer wieder weint sie bitterlich. Und manchmal wird sie auch böse, schimpft mit mir, ohne dass ich etwas vorher getan habe. Ihre Stimmungen wechseln von einer Minute zur anderen. Mama hat keine Erklärung dafür und redet auch nicht gerne darüber.

Auch ist unser Leben ganz unruhig geworden, weil fast jeden Tag die Sirenen gehen und wir dann in den Bunker müssen. Leider passiert das auch nachts.

Dann sitzen wir mit vielen anderen Menschen auf einer Holzbank und warten, bis die Sirenen das Ende des Bombenalarms ankündigen. Ich höre die dumpfen Einschläge der Bomben. Nachdem die Sirenen das Ende des Angriffs angekündigt haben, dürfen wir dann wieder nach Hause. War diese Nacht besonders lang, brauchen wir am nächsten Morgen nicht zur Schule. Im Nachbarhaus ist eine Bombe explodiert. Es wurde so zerstört, dass sich die Nachbarn ein neues Zuhause suchen mussten. Mama hat einen Entschluss gefasst, weil Klara einfach nicht gesund werden will. Sie wird morgen mit Klara einen Arzt aufsuchen, damit Klara mal komplett untersucht wird. Ich bin gespannt, was der Arzt sagen wird.

(7)

Jonas war schon um halb drei Uhr im Café und hatte sich ein Kännchen Kaffee bestellt. Er wartete auf Sabines Eintreffen, die auch überpünktlich um viertel vor drei Uhr erschien. Sie bestellte sich ebenfalls ein Kännchen Kaffee und orderte zudem ein großes Stück Torte. Sabines Arbeitstag war wie immer sehr eng getaktet gewesen, sodass sie, wie so oft, auf eine Frühstückspause verzichten musste. Deshalb gönnte Jonas ihr das verspätete Frühstück von Herzen, auch wenn es jetzt aus Torte bestand. Nachdem man sich ein wenig über die allgemeinen Belange der Seniorenresidenz ausgetauscht und beide festgestellt hatten, dass sowohl Becker als auch der schöne Viktor Ohlsen eine völlige Fehlbesetzung der Leitungsfunktionen darstellten, die nur die Handlanger der Geschäftsführerin Hilke Kasper-Lauser waren und „die Laus" war wiederum nur vom Virus der Gewinnmaximierung ganzheitlich befallen, kamen sie zum eigentlichen Thema und den Grund ihres Zusammenseins.

Sabine begann von ihren Recherchen zu erzählen: „Ich habe mich im Vorzimmer erkundigt und dort wurde mir versichert, dass Frau Remmers über keinen Safe verfügte. Das verstärkt bei mir den Eindruck, dass, wenn sie Schmuck besessen hatte, diesen vermutlich in ihrem Zimmer aufbewahrte. Dieses Verhalten ist zwar fahrlässig, aber wenn man ihren anderen Besitz betrachtete, war auch eine Unterbringung des Schmuckes in ihrer Anrichte als sehr wahrscheinlich anzusehen. Außerdem ist es mir gelungen, Luises persönliche Aufzeichnungen und die auch darauf basierende Biografie zu kopieren. Ihre Aufzeichnungen hatte sie zur Vorbereitung ihres Einzugs im Seniorenheim erstellt. Sie wollte uns damit wohl entlasten und hat das auch getan, da wir uns ein umfängliches Bild ihrer Persönlichkeit machen konnten. Allerdings habe ich da nur oberflächlich hereinschauen können, denn sie gehörte ja nicht zu den Problemfällen. Das Auswerten müssen wir hier gemeinsam machen." Sie teilten sich die Sichtungsarbeit. Sabine las die persönlichen Aufzeichnungen, und Jonas beschäftigte sich mit den Einlassungen in der Biografie.

Jonas war nach einer viertel Stunde fertig und wartete noch ein paar Minuten ab, bis Sabine ihr Gesicht zu ihm wandte als Zeichen, dass sie auch das Lesen beendet hatte. „Soll ich beginnen?", fragte Sabine und da es Jonas recht war, begann sie, den Inhalt des Berichtes wiederzugeben. „Luise ist in ihren Aufzeichnungen gar nicht auf ihre Kindheit und frühe Jugend eingegangen. Sie hat erwähnt, dass sie hierüber ein Tagebuch geführt hatte. Sie gibt an, dass das Tagebuch mittlerweile ihre wichtigste und dabei hat sie das Wort „wichtig" dreimal unterstrichen, Aufzeichnung sei. Ihre Mutter und sie sind im September 1944 zu ihrer Tante nach Siekhausen gezogen. Im Jahr 1953 hat sie die Abiturprüfung erfolgreich abgelegt, und da sie wohl ein gewisses Talent zum Schreiben hat, begann sie danach in der ansässigen Zeitung, dem „Siekhäuser Tageblatt" ein Volontariat. Danach konnte sie sich bis zur Redakteurin vorarbeiten. Sie berichtet weiter, dass ihr Vater nicht aus dem Krieg zurückgekommen sei. Man wisse nicht genau, ob er in Russland gefallen war oder aber die Kriegsgefangenschaft nicht überlebte. Das Deutsche Rote Kreuz hat zwar versucht herauszufinden, wo Luises Vater in den Kriegswirren geblieben ist, blieb aber mit der Suche ohne Erfolg. Ihre Mutter sei über den Verlust nicht wirklich hinweggekommen und habe nie wieder geheiratet. Auch von einem späteren Lebensgefährten wird nichts erwähnt, sodass sie vermutlich mit ihrer Tochter alleine blieb. Ihre Mutter starb 1961 an Krebs. Ihre Tante sei ein paar Jahre später verstorben. Sie beschreibt die Tante als liebevoll und umgänglich und berichtet weiterhin, dass sie es der Tante nie vergessen würde, sie in den Kriegswirren aufgenommen zu haben. Luises Tante war eine alleinstehende Frau, die kinderlos geblieben war.

Luise hat nach ihrer Ausbildung eine eigene kleine Wohnung in der Innenstadt von Siekhausen bewohnt. Von dort aus habe sie ein Einfamilienhaus erworben, das sie bis zum Einzug in die Seniorenresidenz bewohnte. Frau Remmers hat wohl auch das Haus der Tante geerbt. Was sie mit ihrem Erbe angefangen hat, ist nicht bekannt.

Offensichtlich war Luise mehrfach liiert, hat aber nicht geheiratet, sodass sie kinderlos geblieben ist. Alle Lebensgefährten seien mittlerweile nicht mehr am Leben und irgendwie habe ich den Verdacht, dass die Lebensgefährten auch keine wirkliche zentrale Rolle in ihrem Leben spielten. Zu Luises Freundeskreis gehörten weiterhin ein paar Arbeitskollegen und eine Renate Kern, die wohl ihre einzige, wirkliche Freundin war und wohl noch ist. Von dieser wurde sie regelmäßig im Heim besucht. Vor zwei Jahren hat Luise sich dazu entschlossen, in die Seniorenresidenz umzusiedeln. Alles in allem ist das Leben der Luise Remmers ohne wirkliche Höhepunkte verlaufen", waren Sabines Schlussworte.

Jonas, der Sabines Ausführungen aufmerksam gefolgt war, entgegnete daraufhin: „Das stimmt, ihr Leben war wohl wenig spektakulär, aber ein paar Dinge könnten für uns interessant sein: Einmal ist da das Tagebuch, deren Existenz sie beschrieben hat und das für sie ganz wichtig gewesen war. Dann glaube ich, dass ihre Stellung in der Zeitung von Bedeutung gewesen war und zusätzlich ist da noch die Renate Kern, die sie als ihre beste Freundin beschreibt. Das hört sich schon seltsam an, dass ein Tagebuch als wichtige Unterlage klassifiziert wird und vor allem, dass die Aufzeichnungen zum jetzigen Zeitpunkt immer noch wichtig sind. Also muss darin etwas enthalten sein, das gerade heute noch von großer Bedeutung ist. Das Buch könnte sich auf ihre Kindheit beziehen, vielleicht auch ihre Jugend beleuchten und trotzdem immer noch aktuellen Bezug haben. Bloß, wenn sie im Tagebuch auf ihre Kindheit und vielleicht Jugend eingeht, die sie ja nicht in Siekhausen verbrachte, worin mag der aktuelle Bezug bestehen? Betrachtet man das unter diesem Gesichtspunkt und überlegt sich, dass sie bei der Zeitung gearbeitet und sehr viel recherchiert hat, ist Frau Remmers vielleicht auf etwas gestoßen, das eine Verbindung ihres Heimatortes zu Siekhausen, von der wir nichts Genaues wissen, herstellt. Aber das ist derzeit nur eine Mutmaßung und durch nichts Konkretes zu untermauern. Entscheidend ist aber, ob dieses Buch noch existiert und wenn ja, wo es dann ist bzw. in wessen Besitz es sich befindet? Und dann ist da diese Renate Kern. Welche Rolle spielt sie? Es wäre sehr interessant zu erfahren, was Frau Kern uns aus dem Leben der Luise Remmers zu berichten weiß."

Sabine warf ein: „Ich kann dir nicht sagen, wo sich aktuell Luises Tagebuch befindet, aber ich weiß, wo es sich nicht befunden hat, nämlich in ihrem Zimmer." Sabine zeigte Jonas eine Liste, die Luise Remmers erstellt hatte und auf der alle ihre Gegenstände fein säuberlich aufgelistet waren. Die Liste enthielt alles, was Luise mit ins Heim gebracht hatte. „Jetzt wird es interessant!", sagte sie und setzte fort: „Die Liste enthält zwar kein Tagebuch, wohl aber wird auf ihr eine Schmuckschatulle aufgeführt und du wirst staunen, was sich darin alles an Schmuck befand. Ich bin zwar keine Expertin, aber ich glaube, dass der Wert ihres Schmuckes mehrere zehntausend Euro betrug. Allerdings fehlen jegliche Bilder zu ihrem Hab und Gut. Das wäre natürlich optimal gewesen, wenn wir Bilder insbesondere zu ihrem Schmuck hätten. Und was hast du zu berichten?"

Jonas schaute Sabine an und begann zu erzählen: " Die Biografie bezieht sich in großen Teilen auf ihre Aufzeichnungen, beschreibt zusätzlich ihre Vorlieben und Abneigungen, ihre körperliche und geistige Verfassung und gibt ein paar Lebensdaten preis. Demnach ist Luise Remmers im März 1934 in Arnsberg, das liegt, glaube ich, im vorderen Sauerland, geboren. Arnsberg ist eine Kleinstadt, vielleicht etwas größer als Siekhausen. Ihre Eltern hießen Erna und Ludwig Remmers. Zu möglichen Geschwistern hat Luise keine Angaben machen wollen, denn die Rubrik in der Biografie ist mit einem Fragezeichen versehen. Hinter dem Fragezeichen steht „Auskunft verweigert". Luises Vater wurde frühzeitig eingezogen und die Mutter musste die Familie alleine ernähren und hatte offensichtlich Arbeit in einer ortsnahen Fabrik. Man bewohnte ein kleines Haus in einer Siedlung und ist dann im September 1944 nach Siekhausen zur Tante umgezogen. Alles andere ist bekannt und ist wohl auch nicht so wichtig. "

Sabine fasste zusammen. „Luise wurde bestohlen; das dürfte auf der Hand liegen. Hat der Diebstahl etwas mit ihrem Ableben zu tun? Müssen wir jetzt nicht die Polizei einschalten oder zumindest unsere Leitung davon unterrichten? Und es gilt noch das Geheimnis um das Tagebuch zu lüften, und wir müssen herausfinden, was mit Renate Kern ist. Wie wollen wir jetzt vorgehen?" „Die fehlenden

Informationen zu Renate Kern können wir vielleicht schon heute bekommen", erklärte Jonas und holte sein Handy heraus und sprach indes weiter: „Renate dürfte der alten Generation angehören und noch über einen Festnetzanschluss verfügen und entsprechend, so wie es sich früher mal gehörte, im Telefonbuch verzeichnet sein. Ich gehe weiterhin davon aus, dass sie ebenfalls wie Luise in Siekhausen oder in der näheren Umgebung wohnt." Er sucht in seinem Handy nach einem entsprechenden Vermerk im örtlichen Telefonbuch und fand den Eintrag mit Renate Kerns Telefonnummer und sogar ihrer Adresse. Auch das war früher üblich, die Telefonnummer mit der Adresse zu kombinieren. „Da haben wir sie! Rufen wir sie an oder schauen wir einfach mal bei ihr vorbei?" fragte er Sabine. „Lass uns eine Nacht über alles, was wir in Erfahrung gebracht haben, schlafen und morgen entscheiden, wen wir benachrichtigen und was wir weiter machen wollen. Für heute ist es genug, denn ich bin echt geschafft", erklärte Sabine.

Jonas wusste, dass sie beide morgen Frühdienst hatten und willigte in den Vorschlag ein. Er war gespannt, was alles morgen auf sie zukäme. Jonas gehörte seiner Auffassung nach noch der alten Schule an, die ihre Pforten niemals wirklich schließen mögen und lud Sabine zu diesem Kaffeetrinken ein. Beide verabschiedeten sich voneinander und gingen nach Hause, jeder den eigenen Gedanken nachhängend.

14.06.1944

Die Bombenangriffe auf unsere Stadt nahmen von Tag zu Tag zu. Immer mehr Häuser wurden beschädigt, zerstört und waren zum Teil nicht mehr zu bewohnen. Seitdem der Staudamm im Mai letzten Jahres gesprengt wurde, hatte ich niemals mehr so viel Angst wie in diesen Tagen.

Mittlerweile wurden wir auch nicht mehr nur nachts, sondern zunehmend auch am Tag angegriffen. Besonders schlimm war, dass die Sirenen uns nicht mehr zuverlässig vorher vor einzelnen Flugzeugen warnten, sodass unsere Angst dadurch noch geschürt wurde. Letztlich konnte man sich nur auf sein Gehör verlassen, ob man Geräusche vernahm, die von den Fliegern herrühren konnten. Außerdem war es sinnvoll, den Horizont nach jenen kleinen schwarzen Punkten, die schnell größer wurden und als Flugzeuge dann erst zu erkennen waren, abzusuchen. Mama verbot es, uns weit weg vom Haus zu aufzuhalten. Kamen die Bombenangriffe, galt es, sofort „unseren" Bunker aufzusuchen. Man konnte zwar auch in einem anderen Bunker Zuflucht finden, es bestand aber immer die Gefahr, dass man uns von dort wegschickte, da mancher Bunker schnell überfüllt war und für Fremde keinen Platz bot.

Dann hörte ich, dass auch unsere Schule bombardiert wurde. Das Hauptgebäude wurde so stark beschädigt, dass die Schule bis auf Weiteres ausfiel. Früher hätte ich mich darüber gefreut, nicht mehr zur Schule gehen zu müssen, aber jetzt war der Schulbesuch die einzige Abwechslung im grauen Alltag des Krieges. Ich schämte mich dafür, manchmal davon geträumt zu haben, dass die Schule abbrennt, in der Hoffnung, dann immer Ferien zu haben. Dass sich diese Träume jemals auf diese groteske Weise erfüllen sollten, hätte ich nie gedacht. Ich kann mich noch an den letzten Schultag erinnern, als Elisabeth, meine gleichaltrige Mitschülerin, mir schilderte, wie haarscharf sie am Tod vorbeigeschrammt wäre.

Sie hatte mit ihrer Freundin auf einer Wiese in der Nähe eines Baches gespielt. Das benachbarte Wäldchen war nur etwa einhundert Meter entfernt gelegen. Die ersten Häuser der Stadtgrenze lagen weiter weg. Es war ein strahlender Spätsommertag, die Sonne stand hoch und es gab keine Wolke am Himmel. Es musste also um die Mittagszeit gewesen sein. Ihre Freundin und sie hatten beim Spielen die Zeit vergessen. Ebenso hatten sie nicht mehr darauf geachtet, die Umgebung und insbesondere den Horizont im Blick zu behalten. Auch von leisen, aufkommenden Geräuschen nahmen sie zunächst keine Notiz. Es begann alles mit einem leisen Surren.

Plötzlich wurde das Surren immer lauter und war nicht mehr zu überhören. Es entwickelte sich zu einem Brummen, das von Sekunde zu Sekunde lauter wurde. Sie blickten nach oben und stellten fest, dass es zu spät war, denn der heranfliegende Jagdbomber hatte sie zum Ziel genommen. Elisabeth schrie ihre Freundin an: „Da kommen die Flieger und die meinen uns. Wir müssen schnell in den Wald laufen. Dahin können sie nicht hinterher fliegen, sodass wir geschützt sind." Ihre Mutter hatte ihr das schon so oft eingebläut, dass Wiesen, Äcker und andere freie Flächen gefährlich wären. „Wenn die dich da erwischen, schießen sie dich tot. Du hast keine Chance", erklärte die Mutter.

Der Bomber flog so tief, dass man meinen konnte, dass er zur Landung ansetzt. In Friedenszeiten hätte das jeder vermutet, da die Wiese eben war und durchaus für eine Notlandung geeignet gewesen wäre. Aber in Kriegszeiten war eben alles anders.

Dieses Flugzeug wollte aber gar nicht landen, sondern hatte es auf die spielenden Mädchen abgesehen. Kurz bevor sie den Wald erreichten, hörten sie Schüsse aus dem Maschinengewehr. Die

Erde neben ihnen spritzte auf, und sie hörten die peitschenden Einschläge der Kugeln. Elisabeth schrie auf und warf sich hinter einem umgefallenen Baumstamm. Eine letzte Salve wurde abgefeuert und sie hörte das Ploppen der in ihren Baum eindringenden Geschosse. Im Rücken zu ihr standen die ersten Bäume des Wäldchens. Das Flugzeug drehte am Wald eine neunzig-Grad-Kehre, denn sonst wäre es an irgendeinem Baum des Waldes zerschellt und flog weiter in Richtung Stadt und ließ von ihnen ab. Elisabeth schaute an sich herunter, prüfte, ob ihr ein Körperteil wehtat und stellte fest, dass sie glücklicherweise unverletzt geblieben war. Ihre Freundin konnte nicht so schnell laufen wie Elisabeth, hatte sich aber auch auf den Boden geworfen und lag nun etwa zehn Meter von ihr entfernt im Gras, ohne dass ihr ein Baumstamm Schutz bot. „Das war knapp. Da haben wir aber mächtig Glück gehabt", rief Elisabeth zu ihrer Freundin. Doch die antwortete nicht. Auch als Elisabeth fragte, ob es ihrer Freundin gutginge, erhielt sie wiederum keine Antwort. Zitternd raffte sich Elisabeth auf und lauschte und blickte zum Himmel hinauf. Aber da war nichts mehr. Der Flieger war so schnell verschwunden wie er gekommen war. Dann ging sie zu ihrer Freundin, die immer noch nichts sagte und die nach wie vor regungslos im Gras lag. Die Freundin hatte ein weißes Kleid an, nur dass dieses Kleid nicht mehr weiß, sondern rot durchtränkt war. Mehrere Kugeln hatten sie getroffen und ihren kleinen Körper zerfetzt. Die Freundin war tot. „Dieses Bild werde ich niemals mehr los", sagte Elisabeth zu mir.

Ich kann das alles, was Elisabeth mir berichtet hat, in mein Tagebuch schreiben, weil Mama und Klara noch immer beim Arzt sind. Es ist ein Arzt nur für Frauen. Vielleicht macht der Klara wieder gesund.

Ich hoffe es so.

(8)

Jonas hatte diese Nacht besser geschlafen. Das lag sicherlich auch daran, dass er in Sabine eine Verbündete gefunden hatte, der er nicht nur seine Gedanken mitteilen konnte, sondern die auch eigene Vorstellungen und Ideen entwickelte und sich einbrachte. Gemeinsam war man eben doch stärker, als wenn er alleine agieren würde. Seine Gedanken kreisten wieder um den „Fall", und es waren zwiespältige Gedanken. Zum einen war es dieses kribbelnde Gefühl, an der Aufklärung eines Diebstahls und vielleicht sogar eines Mordes maßgeblich beitragen zu können und zum anderen hatte er Befürchtungen, welche Konsequenzen daraus für ihn erwuchsen. Mal angenommen, der Diebstahl und der Tod wurden aufgeklärt und selbst wenn das nicht der Fall sein sollte, so wäre der Ruf der Seniorenresidenz „Lindenblüte" für immer beschädigt. Welcher Angehörige bringt schon seine Mutter oder seinen Vater in ein Heim unter, in dem gestohlen oder sogar gemordet wird? An die Folgen, die ein Mord mit sich brächte, mochte er in diesem Zusammenhang erst gar nicht denken. Welche Konsequenzen verbargen sich dahinter? Denn eines war sicher, als Täter kämen nur die infrage, die im Heim wohnen oder die darin beschäftigt sind. An einen außenstehenden Täter glaubte er nicht ernsthaft. Es gab auch für ihn dafür keine Anzeichen.

Die „Lindenblüte" war ein Heim, von denen es viele andere Einrichtungen auch gab und die Konkurrenz war groß, denn es stand ja überall zu lesen, wie viele neue Seniorenheime gebaut und betrieben wurden. Für Geldanleger waren Investitionen in diese Neubauten eine Goldgrube. Sie stellten haufenweise ihr Geld zur Verfügung, allerdings das in Erwartung einer schnellen hohen Rendite, die aber erst einmal erwirtschaftet werden musste. Prinzipiell waren diese Geldjongleure wie Blutegel, die sich am Körper festgesetzt hatten, um diesen auszusaugen. Und war der Körper erst einmal blutleer, so ließen sie von diesem ab, um sich einen neuen zu suchen. Allerdings hatten sie nach dem Absaugungsprozess ihr Volumen um ein Vielfaches vergrößert und der Durst nach weiterem Blut war aber dennoch ungebrochen. So war es ja auch in der Natur; Parasiten suchten sich einen Wirt, dessen Wohlbefinden ihnen eigentlich völlig gleichgültig war. War der Wirt aufgebraucht, suchte man sich eben einen neuen. Was würde passieren, wenn sein Heim aufgrund der aufgedeckten Skandale schließen müsste? Der Geschäftsführerin, Hilke Kasper-Lauser, traute er zu, sein Heim zum Wohle der übrigen Einrichtungen bedingungslos zu opfern. Kollateralschaden wäre ihre Bezeichnung und den daraus entstandenen Gewinnverlust würde Hilke Kasper-Lauser als Peanuts empfinden. Selbst für die Bewohner war ein Heimwechsel kein leichtes Unterfangen, denn einige von ihnen waren seit Jahren in der Seniorenresidenz untergebracht, hatten sich an das Leben dort gewöhnt und waren auch zu betagt, noch einmal umgesiedelt zu werden, um sich mit dem neuen Zuhause abzufinden. Einen alten Baum pflanzt man eben nicht mehr um. Nun gut, für seine Kollegen und ihn wäre es einfach, einen neuen Job in einem anderen Heim zu finden. Aber jeder neue Job bedeutete auch berufliche Umstellung und so merkwürdig wie das auch klingen mochte, er wurde langsam zu alt, sich neuen Herausforderungen zu stellen.

Jonas fuhr also noch in sein Heim und nahm wie jeden Tag seine Aufgaben wahr. Er wusste, dass Sabines Dienstbeginn erst um neun Uhr war. Es ergab keinen Sinn, dass der Soziale Dienst vorher anwesend war, da die Veranstaltungen für die Bewohner erst nach dem Frühstück begannen.

Um halb zehn Uhr begab er sich unter einem Vorwand zu den Räumen des Sozialen Dienstes, wiederum in der Hoffnung, Sabine alleine anzutreffen. Leider war zu seinem Bedauern auch Konstanze Engelhardt im Raum und stöhnte, dass sie wiedermal alles alleine machen musste und keine Unterstützung durch die anderen Kollegen erhielte. Jonas verkniff es sich, die Leiterin des Sozialen Dienstes danach zu fragen, worin denn die fehlende Unterstützung für ihr allzu großes Aufgabenspektrum zu begründen sei. Auf diesen Vortrag konnte er bestens verzichten. Erstens fehlte ihm die Zeit des durchgängigen Zuhörens und zweitens konnte er das Gestöhne derzeit nicht wirklich ertragen. Er bewunderte Sabine, die mit stoischer Gelassenheit den umfangreichen Ausführungen ihrer Chefin hingebungsvoll lauschte und den Redeschwall über sich ergehen ließ, so als kippt man einen Eimer Wasser über den Kopf eines Menschen aus, der daraufhin keine Regung des Erstaunens zeigt, weil er sich an das kalte Wasser mittlerweile gewöhnt hatte. Sie vermittelte gekonnt den Eindruck, dass sie zuhören würde. Konstanze zuzuhören, war vergebene Liebesmüh, da sie sich selbst das Stichwort in der Frageform gab, um dann blumenreich ihre selbst aufgestellten Fragen in epischer Breite zu beantworten, um immer zu betonen, wie schlecht ihr es doch ginge. Der einzige Vorteil dieser Monologe bestand darin, dass niemand Angst davor haben musste, dass Konstanze sich bezüglich ihrer Beschwerden und Bedenken rückversicherte. Niemals wurde von ihr eine Frage gestellt, die den Zuhörer entlarvte, nicht die ganze Zeit den salbungsvollen Worten gelauscht zu haben. Jonas wollte Sabine aus Konstanzes Klauen befreien, unterbrach die Selbstdarstellung der Leiterin und sagte, er müsse mit Sabine sprechen, denn es wäre wichtig und leider nicht aufzuschieben. Konstanze schaute ihn argwöhnisch, ja verärgert, an, so als gäbe es nichts Wichtigeres als ihre Themen und schwieg wider Erwarten plötzlich trotzig. Entweder konnte sie die Unverschämtheit der Unterbrechung kaum fassen oder aber, sie war einfach zu neugierig und hoffte, dass auch sie in die Neuigkeiten eingeweiht werden würde. Das hatte Jonas mitnichten vor, denn jetzt schob er das alles entscheidende Wort „allein" nach, um Konstanze zu signalisieren, dass sie an der Unterredung nicht dabei sein würde. Damit hatte er ins sprichwörtliche Wespennest gestochen: Die Leiterin des Sozialen Dienstes wurde vom Informationsfluss abgekoppelt und das auch noch von so einem dahergelaufenen Pfleger. So sprach sie also gekünstelt freundlich und versuchte dabei, ihren Ärger zu unterdrücken: „Um was geht es denn? Ich glaube, als Leiterin des Sozialen Dienstes sollte ich beteiligt werden. Kann ich bei irgendetwas helfen?" Jonas bedankte sich artig für das Hilfsangebot, erklärte aber gleichzeitig, dass er mit Sabine etwas Persönliches zu besprechen hätte und zeigte zur Bekräftigung seines Ansinnens in Richtung Zimmertür.

Sabine zuckte mit den Schultern, um gegenüber ihrer Chefin ihr Bedauern auszudrücken und begab sich mit Jonas in das Nachbarbüro. Konstanze blieb mit offenem Mund und völlig sprachlos in ihrem Büro alleine. Sabine tat ihm jetzt schon leid, denn wenn sie zurückkehrte, wäre ihr ein Verhör unter schwersten Vorwürfen sicher. Jonas glaubte, dass Konstanze diesbezüglich auch in die Trickkiste der verbotenen Vernehmungsmethoden greifen würde. Er wusste aber auch, dass Sabine sich zu wehren wusste, und es nicht so schlimm werden würde, denn sie war solche nachträglichen Konfliktgespräche gewohnt. „Endlich sind wir alleine. Wie hältst du das mit dieser Frau bloß aus?", waren seine einleitenden Worte. Sabine beantwortete diese Frage nicht, sondern fing an, über ihren gemeinsamen Fall zu sprechen. „Jonas, ich habe noch lange Zeit über die Vorkommnisse im Heim nachgedacht. Dabei ist mir aufgefallen, dass ich dir noch eine Antwort schuldig geblieben bin. Du weißt sicher noch, dass mir bei Luise eine Wesensveränderung aufgefallen ist. Plötzlich war sie nicht mehr unbeschwert und offen, sondern gab sich sehr zurückgezogen und verschwiegen. Außer zu den Mahlzeiten hat sie kaum noch ihr Zimmer verlassen und am Veranstaltungsangebot des Hauses hat sie so gut wie gar nicht mehr teilgenommen. Auf mich machte sie einen völlig verängstigen Eindruck. Ich konnte nur noch nicht sagen, ab welchem Zeitpunkt die Veränderung eingetreten ist. Luise ist zwei Jahre Bewohnerin des Hauses, und ich bin mir sicher, dass sie sich seit zwei Monaten anders verhält. Diese Veränderung muss etwas mit dem Heim zu tun haben, denn Einflüsse von außen kann ich fast ausschließen. Sie bekam ja lediglich nur noch von Renate Kern, ihrer besten Freundin, Besuch. Und die erscheint regelmäßig, so wie vorher auch. Also habe ich mal geschaut, ob neue Kollegen eingestellt wurden oder ob Neubewohner vorhanden sind, die vor zwei Monaten eingezogen sind. Wenn neue Kollegen eingestellt worden wären, wäre uns das sicherlich bekannt. Das war nicht der Fall. Herauszufinden, ob neue Bewohner eingezogen sind, war nicht so schwer, denn wir führen ja ganz am Anfang mit jedem neuen Bewohner ein Erstgespräch. Also habe ich mir die Protokolle der Erstgespräche der vergangenen Monate angeschaut und bin bei einer Person hängengeblieben. Es handelt sich hierbei um Karl Singer, den du bestimmt auch kennst. Alle anderen sind entweder viel früher oder entsprechend später im Seniorenheim aufgenommen worden."

Jonas erwiderte: „Wer kennt den Singer nicht. Obwohl man nicht schlecht über seine Kundschaft reden sollte, finde ich, dass das ein richtiger Kotzbrocken ist. Das muss aber unter uns bleiben! Singer ist der Vater des Bürgermeisters von Siekhausen und genießt im Heim einen Sonderstatus und scheint unter dem direkten Schutz des schönen Viktor zu stehen. Karl Singer gilt als despotisch, unzufrieden, arrogant und steht im Verdacht, ein Grabscher zu sein. Jedenfalls berichten meine Kolleginnen davon, dass er sie wie zufällig am Gesäß berührt und wenn sie ihn waschen müssen, macht er anzügliche Bemerkungen. Außerdem scheint er sein Geschlechtsteil nicht im Griff zu haben. Die Kolleginnen sind insgesamt angewidert von ihm und wir versuchen, ihm nur männliche Pflege zukommen zu lassen, die er natürlich prinzipiell ablehnt. Außerdem steht er im Ruf, ein Nazi zu sein. Diesbezüglich hält er sich aber zurück, weil ja sein Sohnemann so ein vorzüglicher Kommunalpolitiker ist, der sich als Demokrat ausgibt und einer der Volksparteien angehört. Singer Junior zeichnet von sich ein Bild, das ihn fortschrittlich, nahbar und modern darstellt, so wie sich jeder Politiker eben selbst sieht und auch so wahrgenommen werden möchte. Die politische Vita des Sohnes passt natürlich nicht zu einem rechtsradikalen Vater. Das weiß der alte Singer auch. Aber gibt es irgendein Zusammenhang zwischen Karl Singer und Luise Remmers, der auf die Wesensveränderung hindeutet?" „Das habe ich mich auch gefragt und festgestellt, dass Singer aus dem Sauerland kommend, direkt ins Heim eingezogen ist. Leider weiß ich noch nicht genau, aus welcher Gegend des Sauerlandes er stammt. Luise hat doch ihre Kindheit in Arnsberg verbracht, nicht? Das liegt doch auch im Sauerland. Vielleicht befinden sich dort die Gemeinsamkeiten. Aber auch so kann man vor Singer durchaus Angst haben, unabhängig davon, ob es vergangene Gemeinsamkeiten gibt oder nicht. Bloß bei Luise Remmers traten die Veränderungen sofort ein und nicht erst nach und nach", so erklärte Sabine. „Meinst du, dass Singer für den Diebstahl oder sogar den Tod verantwortlich ist? Der sitzt doch im Rollstuhl. Obwohl, auch Rollstuhlfahrer können stehlen und haben vielleicht auch Kraft genug jemanden umzubringen, wer weiß das schon", antwortete Jonas. „Oh je, nicht dass wir uns nur auf Singer konzentrieren und uns dabei die Finger verbrennen, denn was wir jetzt an Erkenntnissen und Vermutungen haben, reicht bei weitem nicht aus, um das offiziell machen zu können", waren Sabines Befürchtungen. „Das stimmt", sagte Jonas: „Wir brauchen weitere Informationen, insbesondere die aus der Kindheit und Jugend. Singer danach zu fragen, ist völlig auszuschließen, denn, selbst wenn der antwortet, käme doch gleichzeitig Misstrauen bei ihm auf. Er würde sich doch zu Recht fragen, warum uns seine Vergangenheit so interessiert und im Falle, dass er den Diebstahl oder auch mehr begangen hat, wären alle seine Sinne geschärft. Außerdem habe ich die Befürchtung, dass er sich sofort bei Ohlsen und seinem Sohn beschweren würde. Ich möchte nicht auf diesem Wege eine Abmahnung oder Entlassung riskieren."

„Ich komme zu dem Schluss", sinnierte Sabine: „Uns hilft eigentlich nur Luises Tagebuch wirklich weiter. Vielleicht gibt es in diesem einen Hinweis auf gemeinsame Erlebnisse. Und dass die Erlebnisse, sofern sie vorliegen, nicht positiv sind, dürfte auf der Hand liegen."

„Ich glaube, jetzt ist der Zeitpunkt gekommen, dass was wir das, was wir wissen dem Becker mitteilen müssen. Allerdings sollten wir es bei den reinen Fakten belassen und unsere weiterführenden Ideen, gerade auch über die Person Singer, für uns behalten. Im Prinzip erzählen wir Ed nur, dass der

Abgleich mit Luises Inventarliste nicht mit ihrem Besitz im Zimmer übereinstimmt, sodass wir die Vermutung haben, dass etwas aus ihrem Zimmer gestohlen wurde", sagte Jonas. Sabine gab zu bedenken: "Becker wird wissen wollen, woher wir diese Erkenntnis haben. Dass wir die Listen eingesehen haben, ist schon komisch, aber wie erklären wir ihm, dass wir Luises Inventar daraufhin überprüft haben?" Jonas gab zu: „Ja, das wird meine Kröte sein, die es zu schlucken gilt, denn wir dürfen als Pflegepersonal nicht die privaten Gegenstände der Bewohner begutachten. Ich werde einfach sagen, dass ich versehentlich die oberste Schublade ihrer Anrichte aufgezogen habe, um nach Wäsche für Luise zu schauen. Denn sie soll ja angemessen beigesetzt werden. Dabei ist mir der freie Platz aufgefallen. Dann werde ich behaupten, dass Luise mir kurze Zeit vor ihrem Tod von ihrem Schmuck berichtete, den sie dort verwahrt hält. Ich weiß, dass ich mich damit selbst belaste, aber das gilt es auszuhalten. Warum sollte ich als Dieb vorab auf das Verschwinden des Schmucks hinweisen? Insgesamt ist mir wohler, wenn wir in Teilen offiziell werden." „Wenn du das auf dich nehmen willst, finde ich das gut und du weißt, dass ich immer auf deiner Seite bin und auch bleiben werde. Wenn du diesen Gang nach Canossa hinter dich gebracht hast, müssen wir unsere

Ermittlungen fortsetzen. Die Berichterstattung gegenüber Becker ist ja nur ein Zwischenschritt. Überlege mal, Luise bewahrte ihr wertvolles Hab und Gut in ihrem Zimmer auf und ging dabei das Risiko ein, bestohlen zu werden. Sie sah es noch nicht einmal als notwendig an, ihre Anrichten abzuschließen. Es ist doch merkwürdig, dass sie ihr Tagebuch dort nicht verwahrte. Entweder, es gibt gar kein Tagebuch mehr oder aber das Buch ist so von Bedeutung, dass sie es an einem anderen Ort hinterlegt hat. Ich glaube eher an die zweite Variante, weil sie in ihren Ausführungen die Wichtigkeit des Buches dreimal unterstrichen hat. Das würde sie nicht machen, wenn es das Tagebuch nicht mehr gäbe. Ich komme derzeit immer wieder zu einem Entschluss: Wir müssen mit Renate Kern sprechen und das möglichst heute noch. Hast du nach Feierabend noch was vor? Ich habe heute den kurzen Dienst, der um sechzehn Uhr endet. Dann könnten wir gemeinsam Renate aufsuchen", schlug Sabine vor.

„Du meinst also, dass Konstanze dich zum ersten Mal pünktlich gehen lassen wird? Sie hat doch immer irgendetwas kurz vor deinem, aber niemals vor ihrem Feierabend zu berichten, das keinen Aufschub duldet und hierbei kommt es mir vor, dass es vollkommen gleichgültig ist, ob das wichtig oder völlig banal ist. Die Bewertung dieser Erkenntnis obliegt immer nur ihr und manchmal glaube ich, dass auch eine tags zuvor umgefallene, leere Teetasse so bedeutend für Konstanze ist, dass sie dich mit ihrer Schilderung ihres unbeschreiblichen Unglücksfalls behelligt und gezielt abwartet, bis sie dir kurz vor deinem Feierabend darüber in epischer Breite berichten kann", scherzte Jonas. „Nee, lass mal. Ich werde pünktlich das Seniorenheim verlassen können, denn das Haus hat auch noch einen Seiteneingang. Den kann man benutzen, ohne an ihrem Büro vorbeigehen zu müssen. Du kannst dich darauf verlassen. Und wenn Becker mit dir fertig ist, hast du vielleicht für immer Feierabend, weil du vom Job freigestellt wurdest", gab Sabine scherzhaft zurück, obwohl sie die letzte Äußerung nach dem Ausspruch sofort bedauerte, denn die Konsequenz wäre ein Albtraum und sie wollte Jonas den Rücken stärken und nicht noch seinen Argwohn schüren.

Plötzlich hörte Jonas, dass von der Zimmertür ein Geräusch ausging. Er drehte sich abrupt um und sah, dass die Klinke nach oben ging, so als wolle jemand die Tür schließen. Schnell fragte er: „Hast du die Tür nicht zugemacht?". „Doch", sagte Sabine: „Aber die klemmt manchmal und dann steht sie einen Spalt weit offen." Jonas stand auf, rannte zur Tür, öffnete diese und sah nach links und rechts den Flur entlang. Er war sich sicher, dass jemand vor der Tür gestanden und sie vielleicht belauscht hatte. Eigentlich käme nur die neugierige Konstanze Engelhardt dafür in Betracht, aber dann sah er am Ende des Flures eine Person um die Ecke laufen, die so gar nicht Konstanze glich. Anhand der zehntel Sekunde, in der er die Gestalt wahrnahm, war er sich sicher, dass die Silhouette männliche Züge trug. Ein weiteres Hinterherlaufen verkniff er sich aber, da die Wahrscheinlichkeit zu gering war, den Flüchtenden einzuholen, um ihn zu identifizieren. Dazu war sein Vorsprung zu groß.

Jonas hatte Becker angerufen, um eine Audienz bei ihm zu bekommen. Becker zeigte sich gönnerhaft und war bereit, ihm direkt nach Jonas Feierabend zu empfangen. Man vereinbarte, sich um vierzehn Uhr zu treffen.

Jonas stand pünktlich um diese Zeit vor Beckers Tür, klopfte höflich an und betrat, auch, ohne dass „Herein" gerufen wurde, das Büro. Nun ja, was man so als Büro bezeichnet. Die Auswahl der Möbel und die unzähligen kitschigen Utensilien auf Beckers Schreibtisch reflektierten den schlechten Geschmack der Hyäne Ed. Jonas glaubte eher, dass er nicht in einem Büro eines Pflegedienstleiters war, sondern sich eher in einem Spielzimmer eines kleinen Kindes, das in den achtziger Jahren aufgewachsen war, befand.

Als Jonas Becker in seinem Schreibtischstuhl sitzen sah, musste er unwillkürlich an die „Star Wars Filmreihe" denken, in deren Folge am Anfang eine überdimensionierte, fette, schleimige, gelbe und vor allem hässliche Kröte, die zärtlich „Jubba the Hutt" genannt wurde, zu sehen war, die die Prinzessin mit einer Kette an sich gebunden hatte. Gäbe es Geruchsfernsehen, wüsste er sofort, wonach dieses Monstrum riechen würde. Bei diesem Vergleich zu Becker musste er außerdem daran denken, wie viele Tiere Becker noch verkörpern würde und eigentlich hätten die Tiere den Vergleich mit dem Pflegedienstleiter auch nicht wirklich verdient. Becker musste Jonas´Grinsen bemerkt haben, denn er reflektierte es sofort: „Na Kaufmann, was gibt es denn da zu lachen? Treten Sie ein und bringen Sie Glück herein. Was kann ich gegen Sie tun?" Becker versuchte witzig zu sein und der Spruch: „Was kann ich gegen sie tun", war mindestens so alt wie Beckers Hose, die so aussah, als hätte sie den letzten Krieg erlebt. Jonas hoffte inständig, dass er dem Pflegedienstleiter nicht die Hand geben musste. Wer weiß, welche Krankheiten mit dem Händedruck auf ihn übertragen würden. Außerdem hasste es Jonas, eine fleischige, ungewaschene, schlaffe Hand drücken zu müssen. Zum Glück machte Becker lediglich eine vielsagende Handbewegung und deutete ihm einen Stuhl vor seinem Schreibtisch an, auf dem Jonas Platz nehmen könne. „Kaufmann, bevor ich es vergesse; ich bin immer für meine Untergebenen da, aber ausgerechnet heute habe ich wenig Zeit. Also bitte fassen Sie sich kurz. Zeit ist Geld, das wissen Sie hoffentlich", und grinste dabei in Jonas Richtung. „Ich will es versuchen", antwortete Jonas: „Ich glaube, ich muss einen Diebstahl melden; man hat offensichtlich Luise Remmers bestohlen." Jonas ließ seinen Eingangssatz wirken und meinte beim Pflegedienstleiters eine aufkommende Blässe und Unruhe zu bemerken. „Luise Remmers, ja, ich meine mich an die Frau erinnern zu können. Das ist doch die, die gerade verstorben ist, nicht? Was ist ihr denn abhandengekommen? War es wertvoller als ihr Leben, hahaha?", waren Beckers einfühlsamen Worte. Jonas blickte die Kröte fassungslos an, sprach aber weiter: „Aus der obersten Schublade ihrer Anrichte fehlt der gesamte Schmuck", versuchte Jonas sich in einfachen Aussagesätzen, um nicht mehr preiszugeben als nötig war. „Woher wissen sie das! Haben sie etwa in äh Frau Remmers Eigentum herumgeschnüffelt. Sie wissen doch, dass das verboten ist oder etwa nicht?", fragte er Jonas.

Jonas schilderte in aller Kürze seine auf die Anrichte bezogene Beobachtung und erklärte, dass ein Abgleich mit Luises Inventarliste ergab, dass das Fehlen des Schmucks eindeutig nachzuweisen war. Weiterhin präsentierte er die ausgedachte Ausrede, warum er nachgeschaut hätte und das Geständnis wurde eröffnet, bevor Becker ihn diesbezüglich maßregeln konnte. Becker war nervös, das sah Jonas, aber diese Nervosität bewegte sich außerhalb jeglicher Norm. Galt die nur einem Diebstahl im Allgemeinen oder beunruhigte ihn dieses besondere Eigentumsdelikt? Es kam im Heim immer mal wieder vor, dass Kleinigkeiten, wie Joghurt aus dem Kühlschrank oder ein Schokoriegel vom Tisch widerrechtlich entwendet wurden, aber als selbst der Diebstahl eines Portemonnaies, das einer Kollegin entwendet wurde, bekannt wurde, war Beckers Nervosität nicht mit der jetzigen vergleichbar. Klar, Diebstahl von Schmuck steht bezüglich des Wertes im Vergleich zur Geldbörse in keinem Vergleich, aber Diebstahl war eben Diebstahl und sehr unangenehm für den Ruf des Hauses waren diese Vorkommnisse allemal.

Becker vergaß sogar, Jonas zu tadeln und ihm mit einer Abmahnung oder sogar mit einer Kündigung zu drohen. Stattdessen trat Becker mit einer einfachen Erklärung an und erwiderte: „Die Remmers hat eben vergessen, ihren Schmuck in ihrer Liste aufzuführen. Bei den alten, klapprigen Bewohnern ist das keine Seltenheit. Das Vergessen ist ja eine Altersbegleiterscheinung. Sie hat einfach nicht mehr gewusst, dass sie ihn an einen ihrer Angehörigen, Freunden oder sonst wem verschenkt hat. Ist doch eine denkbare und logische Erklärung oder nicht? Herr Kaufmann, damit das eindeutig und unmissverständlich ist; ich kümmere mich persönlich um die Sache, und sie lassen ihre Finger davon und schnüffeln nicht weiter. Und vor allem, zu niemandem ein Wort, auch der Heimleiter braucht hiervon nichts zu erfahren. Habe ich mich für sie verständlich genug ausgedrückt?", waren Beckers drohende Worte und dann fuhr er fort: „Sie gehen jetzt schön nach Hause und besorgen mir morgen, verstanden, erst morgen, die Liste der Remmers. Soweit ich weiß, hat alles Zeit, denn bisher hat sich noch niemand bei mir gemeldet, um irgendwelche Erbansprüche geltend zu machen. Und der Beschenkte wird sich erstmal über den Schmuck freuen und hier nicht sofort aufwarten, um den Rest auch noch zu bekommen. Also, alles erst mal auf halbe Fahrt. Sind ihre Sachen noch im Raum und ist der Raum verschlossen? Auf jeden Fall warne ich Sie, gehen Sie da nicht mehr rein. Legen Sie morgen die Liste vor und dann war es das für Sie!", echauffierte Becker sich weiter.

Jonas wunderte sich, dass Becker ihn mehrmals aufforderte, den Diebstahl auf sich beruhen zu lassen. Becker war alles andere als jemand, der sich aktiv um die Belange seiner, wie er so schön formulierte „Untergebenen", kümmerte. Normalerweise machte er aus jeder Kleinigkeit, insbesondere dann, wenn seine Untergebenen betroffen waren, einen Riesenstaatsakt und petzte alles dem schönen Viktor, dem es dann oblag, weitere Maßnahmen zu ergreifen. Hier wäre es doch ratsam gewesen, jetzt spätestens den Heimleiter und dann die Polizei einzuschalten. Offensichtlich wollte Becker das aber aus unerfindlichen Gründen nicht. Ed erhob sich leicht und deutete Jonas damit an, dass es Zeit wäre, sein Büro zu verlassen.

Jonas ging und musste Sabine unbedingt von diesem seltsamen Gespräch berichten. Für einen kurzen Moment hatte er sogar den Verdacht, dass Becker Sabines und sein Gespräch belauscht haben könnte, verwarf aber den Gedanken sofort wieder, weil die Silhouette, die er gesehen hatte, nicht zu Beckers

Ausmaßen seines voluminösen Körpers passte. Außerdem, dachte er scherzhaft, hätte er auch keine Schleimspur auf dem Flurboden festgestellt, die Kröten unweigerlich während ihres schleppenden Ganges, selbst wenn sie auf der Flucht waren, hinterließen.

14.06.1944

Es klingelt an der Tür. Ich schrecke kurz auf und eile danach zur Tür, um sie zu öffnen. Mama und Klara standen davor, und ich erschrecke bei ihrem Anblick, aber nicht, weil sie es sind, sondern weil beide bitterlich weinen. So aufgelöst hatte ich sie noch nie gesehen.

Klara ging wortlos an mir vorbei, rannte die Treppe hinauf und ich hörte, wie sie ihre Tür von innen abschloss.

Mama ging in die Küche, setzte sich auf den Stuhl, verbarg ihren Kopf mit den Händen und stützte sich mit ihnen auf der Tischplatte ab. Ich hörte sie schluchzen und langsam bildete sich auf der Tischplatte ein kleiner Tränensee. Völlig verzweifelt fragte ich sie: „Mama, was ist denn passiert? Warum seid ihr so traurig und was hat der Arzt gesagt?" Mama antwortete: „Ach Kind, das verstehst du noch nicht. Ich kann und will mit dir darüber nicht reden. Ich muss erst über alles nachdenken. Aber eines kann ich dir sagen, Klara macht mir gerade große Sorgen. Ich bin so froh, dass du so ein gutes Kind bist und mir nicht auch noch Kummer bereitest." Ich verstand das alles nicht, mochte aber auch nicht an Klaras Tür klopfen. Das traute ich mich nicht, sie zu fragen, warum sie Mama so große Sorgen bereitete. Nach einiger Zeit erschien auch Klara, völlig verheult in der Küche und saß nun Mama gegenüber. Ich setze mich an die Stirnseite des Tisches und so schwiegen wir uns eine gefühlte Ewigkeit an. Ich wusste nicht, was ich sagen sollte.

Nach einer ganzen Weile fragte Mama mich: „Meine Kleine, sage einmal, wie war das für dich so bei den Lehmanns? Hast du irgendetwas erlebt, was du mir jetzt nicht sagen magst? Vielleicht ist es auch so, dass man dir verboten hat, mit mir darüber zu reden. Das Verbot gilt aber nicht mehr, denn ich muss wissen, ob etwas vorgefallen ist, über das ich mir Sorgen machen muss. Egal, was passiert ist; ich bin dir nicht böse. Du kannst mir wirklich voll und ganz vertrauen."

So ganz verstand ich nicht, was Mama von mir wollte. Ich schilderte ihr den Ablauf bei den Lehmanns während des Frühstücks, berichtete davon, dass ich Frau Lehmann eigentlich ganz nett finden würde, während mir ihr Sohn Karl eher unheimlich vorkam, und ich manchmal Angst vor ihm hätte. Plötzlich hakte Mama nach: „Ja, der Karl ist schon ein merkwürdiger Kauz. Warst du mit dem auch mal ganz alleine? Ich kann mich erinnern, als Klara krank zu Hause bleiben musste, dass ich dich einmal nach meiner Arbeit von den Lehmanns nachmittags abgeholt habe und soweit ich weiß, war nur Karl im Hause. Stimmt doch? Was habt ihr denn so ab Mittag gemacht?" Ich erklärte ihr, dass ich nur ein einziges Mal ab mittags mit Karl alleine war. Ich fand ihn unheimlich, weil sich Karl plötzlich ganz dicht neben mich auf die Küchenbank gesetzt hatte und ankündigte, dass ich in Zukunft anstatt Klara sein Zimmer aufzuräumen hätte. Mama unterbrach mich abrupt und fragte hektisch, ob ich jemals mit Karl alleine in seinem Zimmer gewesen wäre und ob Karl mich in irgendeiner Form berührt hätte? Mir kamen diese Fragen komisch vor. Wieso wollte Mama das auf einmal alles wissen? Ich wollte aber nicht nachfragen und antwortete: „Ich musste Karls Zimmer zum Glück niemals aufräumen und das eine Mal als wir alleine waren, saß er zwar ganz dicht neben mir, hat mich aber nicht berührt."

Mama schien erleichtert zu sein, fragte aber noch einmal: „Du kannst mir wirklich alles sagen, egal was passiert ist. Ich bin dir bestimmt nicht böse. Hat Karl dich wirklich zu keinem Zeitpunkt jemals angefasst?". Ich verneinte erneut. „Wenigstens das. Jetzt müssen wir uns um Klara kümmern und kühlen Kopf bewahren. Ich höre mich mal um, ob uns jemand helfen kann."

Ich verstand immer weniger, wobei sollte uns denn geholfen werden? Und vor allen Dingen, wer sollte uns helfen?

(10)

Jonas dachte so bei sich, es geschehen noch Zeichen und Wunder, denn er hatte morgen seinen ersten freien Tag seit langer Zeit. Wobei der freie Tag nur relativ frei war, denn die Kröte hatte ihm den Auftrag erteilt, die Inventarlisten der Luise Remmers zu besorgen, um ihm diese unverzüglich vorzulegen. Beim gestrigen Gespräch mit Ed hatte Jonas vergessen, zu erwähnen, dass er nur für diesen Auftrag ins Heim fahren müsse. Sicherlich wäre das aber dem Becker auch egal gewesen, und er hätte unabhängig von seinem Einwand darauf bestanden. Jonas war es völlig schleierhaft, warum sich Becker die Listen nicht selbst besorgt hatte. Aber letztlich passte das Verhalten zu seinem Phlegma. Allerdings, so schlimm ist das auch nicht, außerplanmäßig im Hause sein zu müssen, weil er die Gelegenheit nutzen konnte, um Sabine von seinem Gespräch mit dem Pflegedienstleiter zu berichten. Außerdem konnten sie ihren weiteren Schlachtplan festlegen. Nach seinen Vorstellungen sollten sie nun Renate Kern aufsuchen, um mit ihr vor allem über das Tagebuch zu sprechen. Und danach würde man sehen, wie es weitergeht. Auf jeden Fall würde er Frau Kern vorher anrufen, um mit ihr einen Termin zu vereinbaren.

Am nächsten Morgen stand Jonas um acht Uhr auf und fuhr, nachdem er ausgiebig gefrühstückt hatte, ins Heim, um Beckers Order in die Tat umzusetzen. Der erste Weg führte ihn zum Sozialen Dienst, weil sich dort alle Biografien im Original befanden, und er so der Inventarliste habhaft werden konnte. Zum Glück war die nervige Konstanze nicht anwesend, sodass er unkompliziert eine Mitarbeiterin des Sozialen Dienstes bat, die Listen für ihn zu besorgen. Die Kollegin erklärte beim Hinausgehen, dass die Engelhardt heute frei hatte. Sie setzte bei der Verkündung dieser Nachricht ein zufriedenes Gesicht auf, denn es schien für sie ein Tag der Unbekümmertheit zu bedeuten.

Sabine hatte erst gegen zehn Uhr Dienstbeginn. Jonas war erfreut darüber, dass die Zeitabläufe wie zufällig passend aufeinander abgestimmt waren: Erst die Liste, danach mit dieser zur Kröte, anschließend Sabine berichten und im Anschluss daran Renate Kern anrufen, um mit ihr ein Abendbesuch im Hause Kern zu vereinbaren. So muss das sein! Der Tag schien wie gemalt.

Aber dann wurde ihm ein erster Strich durch seine vorgedachten Abläufe gemacht, denn die Kollegin kam mit leeren Händen zurück und sagte, dass sie zwar Luise Remmers Notizen gefunden hätte, aber eine Inventarliste sei nicht vorhanden gewesen. Jonas schaute verdutzt und ungläubig, fragte dann aber vorsichtshalber noch einmal nach, ob die Kollegin sich da ganz sicher sei. Die Kollegin antwortete leicht schnippisch und behauptete, dass sie ja schließlich zwei gesunde Augen im Kopf hätte. Die Liste ist nicht da! Punkt-Komma-fertig-aus! Das war eindeutig. „Da wird Becker aber begeistert sein", konstatierte Jonas und verließ die Gemächer des Sozialen Dienstes, um Ed, der Hyäne seine Aufwartung zu machen.

Jonas betrat, nachdem er artig angeklopft hatte, Beckers Büro. Der saß, so als wäre er eingefroren, mit hochrotem Kopf hinter seinem Schreibtisch und sah aus wie eine aufgeplatzte Kirsche, die zu viel Regen abbekommen hatte. Jonas hatte das Gefühl, dass die Kröte ganz erpicht darauf war, ihn zu empfangen. Becker bot ihm dieses Mal keinen Platz an, sodass Jonas stehen bleiben musste. Zu seiner Erleichterung verzichtete Becker auch jetzt auf das obligatorische Händeschütteln. „So Kaufmann und nun her mit ihrer obskuren Liste!", sprach er, ohne dass vorher ein Tagesgruß über seine Lippen kam. „Ich habe keine Liste. Jemand muss die weggenommen haben", antwortete Jonas.

„Das ist aber interessant, dass sie keine Liste haben. Sie schneien hier gestern bei mir rein, machen die Pferde wild, faseln etwas davon, dass die alte Schachtel bestohlen worden wäre und berufen sich dabei in ihrem hanebüchenen Konstrukt auf eine Inventarliste, die die Remmers angefertigt haben soll, und ausgerechnet die gibt es plötzlich gar nicht mehr. Kaufmann, was ist los mit ihnen? An ihrem Diebstahlsgesäusel ist nichts dran, merken sie das nicht! Haben sie schon mal darüber nachgedacht, dass die Alte ihren Schmuck vorher verschenkt haben könnte, so wie ich das gesagt habe? Die ist doch mindestens so senil gewesen, wie sie blöd sind", ätzte Becker und fuhr sofort weiter in seinem Redefluss: „Es gibt also keine Liste oder gibt es jemanden, der diese Liste auch gesehen hat? Um meine Frage zu konkretisieren: Gibt es einen weiteren Fantasten wie sie?"

Jonas war verärgert, dachte dann aber wieder daran, wie die Kröte im Film umgekommen war: Die kleine Prinzessin hatte das fette unansehnliche Tier erdrosselt und das mit der Kette, die sie eigentlich an das Untier binden sollte. Jonas verdrängte seine Bilder im Kopf und antwortete: „Die Liste war da. Ich habe sie selbst gesehen. Allerdings habe ich keine Zeugen dafür", log Jonas intuitiv. Ihm schien es ratsam zu sein, Sabine als Zeugin und überhaupt als Mitwisserin nicht zu erwähnen.

„Na also, dann hat sich die ganze Geschichte erledigt und sie vergessen, was sie glaubten gesehen zu haben. Verstanden! Aber ich will sie auch schützen und wenn der Inhalt dieses Gespräches unter uns bleibt, dann sehe ich im Gegenzug über ihre rechtswidrige Schnüffelei in Remmers Zimmer hinweg. Sie wissen, dass deswegen eigentlich eine Abmahnung fällig wäre! Sie sollten aber auch wissen, sobald sie über die Sache trällern wie ein Vogel, ist die Abmachung hinfällig. Und ich sorge höchst persönlich dafür, dass man sie rausschmeißt und glauben sie mir, ihre berufliche Zukunft als Altenpfleger ist damit auch in jedem anderen Heim hinfällig", drohte Becker.

Nach seinem Vortrag schaute er auf seinen Schreibtisch und tat, als gäbe es noch eine Menge Büroarbeit zu erledigen. Damit zeigte Ed an, dass Jonas das Büro unverzüglich zu verlassen habe. Jonas kam dieser unausgesprochenen Aufforderung gerne nach, verließ das Büro, um sofort die Räume des Sozialen Dienstes aufzusuchen, in der Hoffnung, dass Sabine mittlerweile eingetroffen wäre.

Jonas hatte Glück, Sabine war früher zum Dienst erschienen und erwartete ihn bereits. Er schilderte ihr die Inhalte der kruden Gespräche, die er mit Becker geführt hatte. Sie sagte daraufhin: „Das ist schon sonderbar, Becker will Luises Liste und du sollst sie besorgen. Es wäre doch logisch, wenn Becker dich schon direkt nach dem gestrigen Gespräch aufgefordert hätte, ihm diese sofort vorzulegen. Doch anstatt dessen, will er, dass du sie erst morgen, also heute holst. Das stinkt doch von hier bis Meppen! Wofür braucht er diesen Zeitgewinn? Dann wiederum fragt er dich, nachdem du ihm mitteilen musst, dass die Inventarlisten nicht mehr aufzufinden wären, ob noch jemand die Listen gesehen hätte, um dich dann, nachdem du behauptest hast, der einzige gewesen zu sein, zum Stillschweigen zu nötigen. Und zum Schluss stellt Becker den Diebstahl so hin, als wäre er nie geschehen. Aber ich bin Zeugin, die die Existenz bestätigen kann. Außerdem habe ich die Kopie immer noch. Die wollte ich erst wegwerfen, habe mir dann aber gedacht, wer weiß, wozu die noch dienlich sein kann. Nun könnte sie einen hohen Wert für uns haben."

Jonas gab ihr recht und fügte hinzu: „Es deutet doch alles darauf hin, dass Becker der Dieb sein könnte oder ist der Rückschluss noch zu früh?" Sabine ließ die Frage unbeantwortet, obwohl das, was Jonas schlussfolgerte, richtig war. Beide ließen die gewonnenen Erkenntnisse auf sich wirken, bis Jonas schließlich das konstruktive Schweigen brach: „Bevor wir diesbezüglich weitere Schritte einleiten, sollten wir eine Verbindung zu Renate Kern aufbauen und sie vorab anrufen, ob wir sie heute Abend aufsuchen dürfen. Ich werde das gleich in Angriff nehmen. Mal sehen, was sie sagt."

Sabine entgegnete: „Den Anruf kannst du dir ersparen, denn ich habe sie vor meinem Dienst telefonisch erreicht und ihr im Groben mitgeteilt, was wir von ihr wollen. Sie erwartet uns heute um achtzehn Uhr in ihrem Haus. Das scheint eine nette Frau zu sein, zumindest wirkte sie so am Telefon. Und meine Befürchtung, dass sie vergesslich sein könnte, hat sich auch nicht bestätigt. Vom Wesen und von ihren verbliebenen geistigen Fähigkeiten scheint sie Luise zu gleichen." Jonas war verblüfft, wie ähnlich Sabine und er dachten. Das machte vieles einfacher, denn alles vorher immer in epischer Breite erklären zu müssen, war anstrengend.

„Wenn wir nachher Frau Kern aufsuchen, wäre es nach meiner Meinung ratsam, dass du die Gesprächsführung übernimmst, denn von Frau zu Frau spricht es sich wahrscheinlich einfacher. Außerdem müssten dir diese Gespräche liegen, da du diesbezüglich über große Erfahrung durch deine Tätigkeit im Sozialen Dienst verfügst. Sollten wir als Abfangjäger nicht auch noch Konstanze Engelhardt mitnehmen?", schlug er nicht ganz ernst gemeint vor.

„Das ist nicht dein Wille, oder? Konstanze wäre keine so gute Wahl. Wir wollen doch, dass Frau Kern diejenige ist, der der größte Redebeitrag zukommen soll. Konstanze lassen wir schön zu Hause", antwortete Sabine. Natürlich wusste sie von Jonas, dass er alles Mögliche ins Auge gefasst hatte, aber bestimmt nicht diese Variante. Natürlich war es nicht ernstgemeint, denn Konstanze wäre dazu in der Lage, nicht nur verbrannte Gesprächserde zu hinterlassen, sondern es würde nur wenige Minuten dauern, bis Frau Kern sie aus ihrem Haus heraus komplimentieren würde. Sabine und Jonas verabredeten sich natürlich ohne Konstanze um kurz vor achtzehn Uhr vor Renate Kerns Haus.

Pünktlich um kurz vor achtzehn Uhr traf Jonas vor dem Haus, das Frau Kern bewohnte, ein. Er brauchte nicht zu warten, denn Sabine war auch schon anwesend. Es erfreute ihn, dass Sabine es mit der Pünktlichkeit ebenso ernst nahm, wie er es tat. Obwohl im Grunde seines Herzens glaubte er, dass die Pünktlichkeit grundsätzlich nicht zu den Kernkompetenzen einer Frau gehörte. Ironisch fügte er aber gedanklich sofort hinzu: Man kann mir alles nehmen, aber man möge mir bitte meine Vorurteile lassen.

Frau Renate Kern öffnete ihnen. Vor ihnen stand eine grauhaarige, einen Meter sechzig große Frau, die gut achtzig Jahre alt sein mochte und als Bilderbuchoma durchgegangen wäre, denn sie hatte einen Gesichtsausdruck, der immer zu lächeln schien. Frau Kern bat die beiden, dass sie eintreten mögen und bot ihnen in ihrem gemütlichen Wohnzimmer einen Platz an. Weiterhin fragte sie nach einem Getränkewunsch und nachdem Sabine und Jonas das Angebot eines Glas Wassers angenommen hatten, kam sie nach kurzer Abwesenheit mit zwei gefüllten Gläsern aus ihrer Küche zurück. Wie abgesprochen, begann Sabine damit, das Gespräch zu führen.

„Liebe Frau Kern, zunächst erst einmal vielen Dank dafür, dass sie sich Zeit für uns nehmen. Wir möchten uns ihnen kurz vorstellen: Das ist mein Arbeitskollege, Herr Jonas Kaufmann und mein Name ist Sabine Siegmann. Wir sind in der Seniorenresidenz „Lindenblüte" beschäftigt. Herr Kaufmann arbeitet dort im pflegerischen Bereich und ich im Sozialen Dienst. Sie sind bestimmt auch sehr traurig darüber, dass ihre beste Freundin so plötzlich und unerwartet verstorben ist. Auch uns berührt ihr Tod sehr, denn wir haben ihre Freundin im Seniorenheim kennengelernt und sie sehr schnell liebgewonnen. Allerdings muss ich zugeben, dass wir hier als Privatpersonen erschienen sind, sodass ich sie bitten muss, diese Unterredung vertraulich zu behandeln. Ich bin sicher, dass sie wissen wollen, warum wir sie aufgesucht haben?", schloss Sabine ihre einführenden Worte ab.

Frau Kern schaute sie abwechselnd an und Tränen stiegen in ihre Augen. Langsam, aber bedächtig sagte sie: „Dass Luise so plötzlich nicht mehr da ist, trifft mich schwer, ja sogar sehr schwer. Schließlich stand sie ja noch mitten im Leben und keiner konnte damit rechnen, dass sie so plötzlich verstirbt. Sie war meine einzige und beste Freundin; das ist richtig. Wir kennen uns schon sehr lange. Ich glaube aber, bevor ich mich jetzt im Monolog verliere, stellen sie mir einfach ihre Fragen. Dennoch, ich würde schon gerne vorher wissen wollen, warum sie mich tatsächlich aufgesucht haben. Dass ihnen der Tod meiner Freundin nahe geht, das sehe ich ihnen an."

Sabine begann: „Frau Kern, wir möchten sie auf keinen Fall beunruhigen oder ihnen sogar Angst machen, aber wir interessieren uns sehr für die Luise Remmers und ihr Leben, bevor sie ins Seniorenheim eingezogen ist. Insgesamt glauben wir, dass es ein paar Ungereimtheiten aufzuklären gilt, über die wir uns derzeit noch keinen rechten Reim machen können, die aber direkt mit der Seniorenresidenz zu tun haben könnten. Deshalb sind wir auf ihre Hilfe angewiesen. Sie kannten Frau Remmers sehr gut, und wir würden gerne wissen, wann und wie haben sie Luise Remmers kennengelernt?"

„Das klingt ja interessant, und jetzt haben sie meine Neugier geweckt, und ich werde sicherlich noch die eine oder andere Frage an sie richten. Aber lassen Sie mich erstmal mit meiner Erzählung beginnen: Ich bin gebürtige Siekhauserin und habe Luise, da war sie vielleicht gerade zehn oder elf Jahre alt, im Hause ihrer Tante, die auch gleichzeitig unsere Nachbarin war, das erste Mal getroffen. Luise und ich waren etwa gleichaltrig und aufgrund der Kriegswirren fehlte mir eine Freundin. Meine Mutter hatte es mir damals verboten, mich weit vom eigenen Haus zu entfernen und meine damaligen Bekannten wohnten allesamt weiter weg. Luise und ich haben uns sofort angefreundet. Ich glaube, uns verband ein ähnliches Wesen, denn der Krieg hatte uns beiden das Kindliche genommen. Bald trafen wir uns täglich, mal in meinem Elternhaus und mal bei ihrer Tante", erläuterte Renate Kern.

„Wie ging es dann weiter mit ihnen und ihrer Freundschaft?", wollte Sabine wissen.

„Kurz nach dem Krieg öffneten die Schulen wieder, und wir besuchten gemeinsam eine Klasse und haben dann in den fünfziger Jahren sogar das Abitur geschafft. Das war damals eher außergewöhnlich für junge Frauen. Allerdings muss ich sagen, dass Luises Noten deutlich besser waren als meine, und ich habe die Reifeprüfung nur mit Ach und Krach soeben noch bestanden, während Luise mit einem glänzenden Abitur aufwarten konnte. Nach dem Abitur begann Luise eine Ausbildung bei der Zeitung in Siekhausen, während ich Lehrerin werden wollte. Hier trennten sich unsere Wege, weil ich zum Studium in die nächstgelegene Stadt fahren musste, während Luise in Siekhausen bleiben konnte. Das änderte aber nichts daran, dass wir weiterhin unzertrennlich blieben, denn wir blieben ja zu Hause wohnen. Eine eigene Wohnung war nicht zu finanzieren." Renate Kern hielt inne, denn sie erwartete offensichtlich eine weiterführende Frage.

Sabine bemerkte das und sprach: „Frau Kern, sprechen sie ruhig weiter. Sie machen das gut so." Das war Sabines Art, denn sie übte sich in Zurückhaltung und war eine außergewöhnlich gute Zuhörerin, die es schaffte, nicht nur eine angenehme

Gesprächsatmosphäre herzustellen, sondern dem Erzähler auch zu vermitteln, dass alles, was er sagte, wichtig und gut war. Frau Kern setzte ihren Bericht also fort: „Ja und so vergingen die Jahre; ich habe geheiratet und Luise hatte zwar die eine oder andere Liebschaft, blieb aber zeit ihres Lebens unverheiratet. Leider ist es so, dass meine Ehe kinderlos blieb, denn ich konnte keine Kinder bekommen. Anfang der sechziger Jahre verstarb dann Luises Mutter an einem heimtückischen Krebs. Ihre Mutter war höflich, aber sehr zurückhaltend und sprach sehr wenig und wenn, dann war es nichts, was mit ihrer Vergangenheit zu tun gehabt hätte. Die letzten Jahre vor ihrem Tod litt sie besonders unter starken Depressionen. Man merkte sehr deutlich, dass ihr das Leben sehr zugesetzt hatte. Ihre Seele war nicht nur verletzt, sondern, so möchte ich es formulieren, so gut wie abgestorben. Luise blieb bei der Zeitung und arbeitete sich zur Redakteurin hoch. Auch nach ihrem Arbeitsleben blieb sie sehr interessiert, besonders an der hiesigen Kommunalpolitik. Auffällig war in diesem Zusammenhang, dass sie sich besonders unserem jetzigen Bürgermeister, ich glaube, der heißt Singer, widmete. Ich muss ehrlich zu ihnen sein, denn ich kenne zwar den Namen des Bürgermeisters, bin ihm aber nie begegnet und weiß auch nicht, wie der aussieht. Alles, was an

Informationen über ihn vorlag, hat Luise aufgesogen wie ein Schwamm. Manchmal vermutete ich, dass die beiden irgendetwas verband, obwohl sie doch altersmäßig eine Generation trennte. Aber wirklich hat sie nicht mit mir darüber gesprochen. Ich habe mir häufig die Frage gestellt, warum Luise eigentlich nie geheiratet hatte. Auffällig war, dass ihre Beziehungen nie von langer Dauer waren. Das mag auch daran gelegen haben, dass Luise, die sonst offen und freundlich auf alle Menschen zuging und diese für sich zu gewinnen wusste, jedes Jahr im Hochsommer in eine schwere Wehmut, ich möchte fast sagen, dass das eine Depression war, verfiel. Ich habe sie oft, wenn ihre Schwermut verflogen war, nach dem Grund gefragt. Sie sagte, das hinge mit ihrer Kindheit zusammen, und sie möchte darüber im Moment nicht sprechen. Ich glaube, da muss ihr irgendwas ganz Gravierendes passiert sein. Dieses Kindheitstrauma hat sie wohl aus ihrer Heimatstadt Arnsberg mitgenommen. Vor etwa zwei Jahren hat Luise sich dann dazu entschlossen, ihr Haus zu verkaufen, um in die Seniorenresidenz „Lindenblüte" umzusiedeln. Spätestens ab diesem Zeitpunkt müsste sie ihnen eigentlich bekannt sein?"

Renate machte wiederum eine Pause.

Sabine wartete eine angemessene Zeit ab und fragte dann: „Frau Kern, sie haben Frau Remmers ja sehr regelmäßig besucht und waren auch die einzige Besucherin, soweit mir bekannt ist. Gab es noch Vertraute, Freundinnen oder weitere Verwandte in ihrem Leben, die sie aber, aus welchen Gründen auch immer, nicht oder nicht sehr häufig besucht haben?"

Frau Kern überlegte kurz: „Verwandte hatte Luise keine mehr und die Bekannten und Freunde befanden sich allesamt in ihrem Arbeitsumfeld. Nach Ende des Arbeitsprozesses verlor sich im Laufe der Zeit der Kontakt zu den Arbeitskollegen. Im Prinzip war ich zum Schluss die einzig verbliebene Freundin. Insgesamt mag der Verlust der Beziehungen zu anderen Menschen der Grund dafür gewesen sein, warum sie ins Seniorenheim wollte. Vielleicht erwog sie den Umzug auch deshalb, um der fortschreitenden Einsamkeit entgegenzuwirken. Dass ihre Wahl dabei auf die hier ansässige Seniorenresidenz fiel, lag auch daran, dass es mir jederzeit möglich war, sie zu besuchen. Letztendlich ist das aber nur eine Vermutung, denn so ganz tief ließ sich Luise nicht in ihre Seele blicken. Da war sie doch sehr verschlossen. Ich will nicht missverstanden werden, denn so wortkarg sie bei manchen Themen, die sie persönlich betrafen, auch blieb, so war sie doch sehr kommunikativ in den übrigen Bereichen des allgemeinen Lebens. Ich glaube, ich sagte ja schon, dass Luise sehr belesen und interessiert war. Sie war imstande, weit über den üblichen Tellerrand hinauszublicken."

Wissen sie zufälligerweise, was Frau Remmers an persönlichen Gegenständen mit ins Heim genommen hat? Ihre beiden Anrichten waren prall gefüllt mit wertvollen Dingen. Allerdings waren die Anrichten gänzlich unverschlossen. Frau Remmers hatte wohl großes Vertrauen in die Menschen im Heim, dass sie glaubte, niemand im Heim würde sie jemals bestehlen."

„Ja", sagte Frau Kern: „Luise war, was das betrifft, sehr unbekümmert. Das grenzte schon an leichtsinnigem Verhalten. Es kam durchaus vor, dass sie ihre Haustür im damaligen Zuhause nicht verschloss. Sie sagte, nachdem ich sie mal auf dieses ungewöhnliche Verhalten angesprochen hatte, dass sie an das Gute der Menschen grundsätzlich glauben würde, allerdings nur, was deren Ehrlichkeit in Bezug auf Eigentum betrifft. Ansonsten sagte sie, dass sie auch durchaus böse Menschen kenne, die sich aber an der Seele anderer Menschen vergriffen, die ihnen schutzlos ausgeliefert waren. Das klang alles etwas mysteriös für mich."

„Frau Kern, können Sie sich daran erinnern, ob Luise auch ihren Schmuck im Heim aufbewahrte und wenn sie das tat, wo der gelegen haben könnte?", fragte Sabine nach.

Renate Kern antwortete: „Luise hatte ein Faible für teuren Schmuck. Aufgrund ihrer Eigentumsverhältnisse konnte sie es sich leisten, im Laufe ihres Lebens immer wieder neuen Schmuck zu kaufen. Auch was die Aufbewahrung ihres Geschmeide betraf, war Luise sehr leichtsinnig, denn ihr gesamter Schmuck befand sich in einer Schatulle, die in eine der Anrichten verstaut war und das zusammen mit ihrem ganzen anderen Hab und Gut."

„Liebe Frau Kern, wissen sie etwas von einem Tagebuch, dass Luise Remmers in ihrer Kindheit geführt hat? Dieses Buch muss für Luise ganz wichtig gewesen sein. Jedenfalls hat sie davon erzählt, dass das so wäre. Wissen sie außerdem zufällig, was in diesem Buch stand, oder haben sie es sogar selbst lesen dürfen? Und was uns besonders interessiert, gibt es das Buch überhaupt noch und wenn, wo ist dieses Buch jetzt?", wollte Sabine in Erfahrung bringen.

Renate dachte kurz nach und dann berichtete sie weiter: „So lax wie Luise mit ihrem Eigentum umgegangen ist, so sehr hat sie ihr Tagebuch behütet; ich möchte fast sagen, dass sie es besonders gesichert hat. Sie hat, bevor sie ins Seniorenheim gezogen ist, mir das Tagebuch anvertraut. Ich möge es behüten wie einen Schatz. Ich bin eher eine vorsichtige Person und bin nicht Luises Ansicht, dass es niemand auf das Eigentum eines anderen Menschen absehen würde. Deshalb habe ich auch ein Schließfach bei der Hauptsparkasse gemietet. In diesem Schließfach befinden sich meine Sparbücher, ein paar Aktien und mein besonders teurer Schmuck, den ich zwar besitze, aber so gut wie nie trage. Das mag für sie seltsam klingen, Schmuck zu besitzen und dort aufzubewahren, wo man nur schwerlich herankommt, obwohl man diesen eigentlich zu verschiedenen Anlässen anlegen sollte. Allerdings ist der Wert meines Schmuckes bedeutend geringer als Luises. Ich gehöre aber der Kriegsgeneration an und diese Erlebnisse waren so prägend, dass man sich bezüglich seines Eigentums anders verhält als die Nachkriegsgeneration. Rücklagen zu haben, bedeutet mir viel und schwächt die Angst ab, dass man noch einmal völlig mittellos dastehen könnte. Ich kann mich noch gut erinnern, als die Besatzungsmächte auch in Siekhausen einrückten, als viele Menschen kurz vorher nicht nur illegale Waffen und Propagandamaterial, das auf Hitler und seine Gehilfen hindeutete, sondern auch Gegenstände von bedeutendem Wert vergruben. Wir hatten Angst, dass uns Engländer oder Amerikaner alles wegnehmen würden. So wurde alles Mögliche im eigenen Garten unter Eile versteckt. Noch größere Angst hatten wir allerdings vor den Russen, da bekannt wurde, mit welcher Brutalität die gegen das deutsche Volk vorgingen. Heute wird meinetwegen zu Recht gesagt, dass gerade die Russen allen Grund dafür gehabt hätten, denn jeder russische Soldat hatte nahe Angehörige, die durch deutsche Gewalt und Meucheltaten umgebracht wurden, verloren. Den daraus resultierenden russischen Hass auf die Deutschen mögen viele verstehen, denn dieses Motiv dazu fehlte ja der amerikanischen Armee, deren Familienangehörige unbehelligt geblieben sind. Aber das Verständnis für die russische Motivation war in dieser Zeit nicht vorhanden, weil es um das nackte Überleben ging. Letztlich finde ich, ist aber eine Grausamkeit nicht mit einer anderen Grausamkeit zu sühnen, das gilt für alles, was man anderen angetan hat und einem selbst angetan wurde. Entschuldigen Sie bitte, denn ich schweife ab und langweile Sie bestimmt mit meinen Kriegserzählungen. Wo waren

wir? Ach ja, bei Luises Tagebuch. Ich habe Luises
Tagebuch ebenfalls im Schließfach in der Sparkasse
deponiert und da liegt es hoffentlich immer noch. Sie
fragten mich weiterhin, ob ich weiß, was in diesem
Buch steht? Das weiß ich nicht, obwohl ich
manchmal meine Neugier zügeln musste, um nicht
darin heimlich zu lesen. Das wäre aber ein
Vertrauensbruch gewesen, den ich mir nie verziehen
hätte. Außerdem war das in Leder eingebundene
Buch auch durch ein nachträglich angebrachtes
kleines Schloss gesichert. Das hätte ich aufbrechen
müssen, und ich weiß nicht, ob mich nun mein
Anstand oder das Schloss abgehalten hat, diesen
Vertrauensbruch zu begehen. Jetzt habe ich aber
noch eine Frage: Warum wollen sie denn das alles
wissen?"

Jonas, der bislang geschwiegen hatte, beantwortete
Renate Kerns Frage: " Frau Kern, es kann sein, dass
sich die Polizei bei ihnen melden und ihnen ähnliche
Fragen stellen wird. Nach allem, was wir wissen und
jetzt von ihnen gehört haben, werden wir den Vorfall
jetzt der Polizei mitteilen müssen. Dass ihre
Freundin bestohlen wurde, ist für uns sicher, denn
ihr Schmuck befindet sich nicht mehr in der
Anrichte. Wissen sie zufällig, wann sie die
Schmuckschatulle das letzte Mal gesehen haben?"

Renate Kern erschrak: „Ah, jetzt verstehe ich, warum sie mich aufgesucht haben. Sie glauben oder wissen es sogar, dass jetzt schon in der Seniorenresidenz gestohlen wird. Das ist ja schrecklich, dass Luise Opfer eines Diebstahls gewesen sein könnte! Haben sie eine Vermutung, wer das gemacht haben könnte? Ich habe ihren Schmuck das letzte Mal bei meinem letzten Besuch vor Luises Tod gesehen. Das war der Tag, genauer der Nachmittag, vor Luises Tod. Sie wollte, dass ich etwas aus dem obersten Fach der großen Anrichte herausholen sollte, und ich bin mir sicher, dass da die Schatulle noch an ihrem Platz lag. Was ich der Anrichte entnehmen sollte, weiß ich aber nicht mehr. Es war wohl ein Wertgegenstand, den sie sich ansehen wollte.“

Sabine hatte noch eine letzte Frage, beantwortete aber erst die Frage, die Frau Kern ihr gestellt hatte: „Leider wissen wir nicht genau, wer für den Diebstahl verantwortlich gemacht werden kann; aber das ist genau das, was wir herausfinden wollen. Mir ist aufgefallen, dass Frau Remmers in den letzten zwei Monaten ängstlich und bedrückt war. Kann es sein, dass das mit ihrer temporär auftretenden Depression zusammenhängt? Ist ihnen diese Veränderung auch aufgefallen?“

Renate Kern zog die Stirn in Falten und entgegnete daraufhin: „Luise hatte ihre depressive Phase immer in den Sommermonaten, meistens begann diese Anfang Juli und endete spätestens im September. So war es auch letztes Jahr. Ich weiß aber auch, dass man sich darauf verlassen konnte, dass die Schwermut verlässlich und pünktlich begann und endete. Das war für mich nichts Außergewöhnliches mehr. Aber es stimmt, vor etwa zwei Monaten schien sie wieder wie verändert zu sein. Allerdings war das nicht so, wie die regelmäßige Niedergeschlagenheit im Sommer. Ich glaube, sie hatte vor etwas oder jemandem Angst. Sie hat mir aber nichts davon erzählt, sondern schaute immer häufiger nervöser zur Tür, als erwarte sie jemanden, der ihr Böses will. Dieser jemand muss etwas mit dem Seniorenheim zu tun gehabt haben, denn außer mir bekam sie ja keinen anderen Besuch. Vor allen Dingen muss es jemand gewesen sein, der schon einmal ihr Zimmer betreten hat, denn sie schien sich auch in ihrem Zimmer nicht vollends wohl zu fühlen, so kam es mir jedenfalls vor. Der Vorteil des eigenen Zimmers war sicherlich, dass es sich abschließen ließ und nur durch das Hauspersonal geöffnet werden konnte. Was auch auffällig war, war, dass sie ihr Zimmer nur noch ungern verließ. Sie hat mir berichtet, dass sie sich sicherer im eigenen Zimmer fühlen würde und auch kein großes Interesse mehr hätte, am Leben des übrigen Seniorenheimes teilzunehmen. Das bezog sie sowohl auf die Veranstaltungen als auch auf die übrigen Bewohner."

Jonas und Sabine hatten genug gehört und wollten die alte Dame auch nicht weiter belästigten und so sprach Sabine: „Frau Kern, haben sie vielen lieben Dank für ihre Bereitschaft, uns etwas über Luise Remmers zu erzählen. Sie haben das wirklich gut gemacht. Dennoch möchten wir sie nochmals bitten, dieses Gespräch vertraulich zu behandeln. Das gilt natürlich nicht für den Fall, wenn sich die Polizei bei ihnen melden sollte. Aber bitte passen Sie auf, dass sich jemand als Polizist ausgeben könnte, der in Wirklichkeit keiner ist. Weigern Sie sich, am Telefon über Luise und die Umstände, die sie umgab, zu reden und wenn die Polizei zu ihnen kommt, lassen Sie sich an der Tür den Dienstausweis zeigen. Selbst wenn jemand in Uniform bei ihnen erscheint, heißt das nicht, dass es sich wirklich um einen Polizisten handelt, denn Uniformen bekomme ich in jedem Kostümverleih. Eine weitere Bitte haben wir außerdem noch, rufen Sie uns sofort an, wenn sich jemand für Luises Leben und vor allem für ihr Tagebuch interessiert, der nicht zur Polizei gehört. Wir glauben, dass auch das Tagebuch eine besondere Rolle spielt, und vielleicht führt uns dieses Buch zum Dieb und vielleicht noch zu mehr, über das wir allerdings jetzt noch nicht sprechen dürfen, denn dazu ist die Beweislage noch zu vage."

Renate Kern versprach, sich sofort zu melden, sollte sich jemand für Luise oder ihr Tagebuch interessieren, geleitete die beiden zu ihrer Haustür und verabschiedete sich dort von ihnen. Draußen resümierten Jonas und Sabine das Gehörte, aber hierzu hatten sie sich einige Meter von Renate Kerns Haus entfernt, sodass diese sie nicht mehr sehen konnte.

„Also", begann Jonas: „Die Schmuckschatulle war noch kurz vor Luises Tod in der Anrichte und nicht so, wie Becker es behauptet, dass Luise den Schmuck an irgendjemanden verschenkt haben könnte. Denn, wer außer Renate käme für so ein Geschenk infrage? Und dass sie alles an einen Unbekannten verschenkt hat und das in der Kürze der Zeit, denn Renate Kern hat festgestellt, dass der Schmuck bei ihrem letzten Besuch noch an Ort und Stelle gelegen hat, glaube ich auch nicht. Ich halte Beckers Annahme auch für völlig aus der Luft gegriffen. Insgesamt finde ich, Eds Verhalten und vor allem, das, was er gesagt hat, für sehr fragwürdig und insgesamt verdächtig. Weiterhin gewinnt Luises

Tagebuch immer mehr an Bedeutung, und wir können froh sein, dass es gut aufgehoben und nicht, wie man auch befürchten konnte, verschollen ist."

Sabine führte weiter aus: „Jonas, ich glaube, es ist Zeit, dass wir die Polizei jetzt in Kenntnis setzen müssen, denn dass ein Diebstahl vorliegt, dürfte auf der Hand liegen."

„Wir sollten morgen nach dem Dienst zur Polizeiwache gehen, um Anzeige zu erstatten. Natürlich könnten wir auch den schönen Viktor einschalten, aber irgendetwas hält mich davon ab, denn so völlig auszuschließen ist es ja auch nicht, dass er was mit der Sache zu tun haben könnte", fügte Jonas an. Er fuhr weiter fort: „Heute Nacht hat Natalie Nachtdienst. Morgen früh werde ich sie sehen und vorsichtig befragen, ob und wenn, was sie während ihres Nachtdienstes, als Luise verstarb, bemerkt hat. Mögen ihre Beobachtungen für sie unbedeutend, so können die für uns durchaus wichtig sein. Allerdings muss ich das so geschickt anstellen, da sie auf keinen Verdacht schöpfen soll. Wenn wir ganz ehrlich sind, käme auch sie als Täterin zumindest theoretisch infrage, obwohl ich mir das beim besten Willen nicht vorstellen kann."

Sabine gab ihm recht und bat ihn, mit Natalies
Befragung ganz behutsam umzugehen, denn, außer
dass sie als Täterin nicht aus dem Spiel war, war die
Gefahr groß, dass sie mit einer unbedachten
Äußerung den wirklichen Täter warnte.

Jonas und Sabine verabschiedeten sich darauf
voneinander. Beide waren erschöpft und freuten sich
auf ihr Bett. Endlich mal eine Nacht durchschlafen,
ohne an „ihren" Fall denken zu müssen, war ihnen
ein großes Bedürfnis. Aber war das nach ihrem
Besuch bei Renate Kern überhaupt möglich?

03.07.1944

Wir müssen immer wieder in den Bunker und verbringen dort viel Zeit. Ich höre die dumpfen Geräusche, die von den Bomben kommen, wenn sie explodieren. Manchmal sind die Einschläge weiter entfernt zu hören und dann wiederum kommt es mir vor, dass es gleich nebenan einschlägt. Jeder, der im Bunker sitzt, hat Angst um sein zu Hause und wenn die Sirenen das Ende des Bombenangriffs ankündigen, verlassen wir zaghaft unser mittlerweile gewordenes zweite Zuhause und schauen mit bangem Blick, was der Bombenteppich alles zerstört hat. Manche Menschen bleiben dann schockiert vor ihrem Haus stehen, weil nur noch die Grundmauern stehen geblieben sind. Bisher hatten wir Glück, denn unser Häuschen steht noch unversehrt und hat noch keinen Kratzer abbekommen. Mama sagt, dass unsere Kleinstadt besonders im Visier der Angriffe stünde, weil man hier Rüstungsindustrie vermutete, die besonders angriffswürdig wäre und dringend ausgeschaltet werden müsste. Sie glaubt, dass auf das ganze Sauerland nicht so viel Bomben abgeworfen wurden wie auf unsere Stadt. Aus dem Radio hören wir, dass Deutschland nun erbarmungslos zurückschlagen und den Feind zurückdrängen würde. Der Endsieg wäre nahe, denn die feindlichen

Armeen stünden in den letzten Zügen. Manchmal meine ich, dass ich das schon mehrfach gehört habe, als ob das eine Wiederholungssendung wäre. Und dafür, dass die Feinde, so wie behauptet wird, so gut wie ausgemerzt sind, kommen sie uns sehr nahe und ein besiegter Feind würde sich doch in sein Heimatland begeben. Aber was weiß ich schon vom Krieg? So ganz verstehe ich auch das nicht, was im Radio gesagt wird, denn Deutschland war doch schon so tief in Russland und in die anderen Länder eingedrungen. Warum hat unsere Armee es zugelassen, dass nun der Feind so nahe und eigentlich schon in Deutschland war? Aber vielleicht wollte man sich einigeln, um dann mit aller Macht und neu gewonnener Kraft alles zu besiegen, was sich einem dann noch in den Weg stellt. Das sagte zumindest ein Nachbar, der mit uns im Bunker saß. Durch das viele Sitzen im Bunker brauchen wir überhaupt nicht mehr zur Schule und Mama arbeitet auch nur noch stundenweise und auch längst nicht mehr tageweise. Es klingt komisch, aber ich würde so gerne wieder zur Schule gehen, alleine schon, um meine Freundinnen zu treffen, obwohl mir Klara als meine ältere Schwester und beste Freundin auch genügt. Ich bin so froh, eine solche Schwester zu haben.

Mama hatte vor kurzem Frau Lehmann getroffen. Mama sagte, dass Frau Lehmann immer noch alleine wäre. Allerdings wäre sie besonders stolz auf ihren Sohn Karl, der ihr eine Karte aus dem Krieg geschickt hatte. Mama fragte Frau Lehmann, ob Karl denn eingezogen wurde und bereute es sofort, sich nach Karl erkundigt zu haben. Frau Lehmann geriet danach in einen Redeschwall und erklärte, dass sich Karl freiwillig der Armee angeschlossen hatte. Er sei nur in wenigen Wochen ausgebildet worden und wurde jetzt an der Ostfront eingesetzt. Seine letzte Karte kam von der vordersten Front und Karl schilderte auf dieser, dass er schon so viele Russen erschossen habe. Der Russe an sich sei ein feiger Hund und befördert hatte man Karl auch schon. Außerdem trüge er jetzt ein Kreuz aus Eisen, das ihm der Führer verliehen hätte. Nein, nicht der Führer persönlich hätte es ihm umgehängt, aber in dessen Vertretung hatte ihm ein hochrangiger Soldat das Kreuz an die Brust geheftet. Hauptsache, das hat nicht wehgetan. Wann er nach Hause käme, wäre nicht sicher, aber da der Endsieg kurz bevorstünde, müsste er eigentlich so um Weihnachten eintreffen. Seine Schlusssätze waren: „Liebe Mama, du kannst stolz auf deinen Sohn sein, weil jede meiner abgefeuerten Kugeln einen Untermenschen zerschmettert hat. Auch Frauen und Kinder dieser

Brut haben den Tod verdient und auch durch mich gefunden. Wenn sie keinen anderen finden, der die Brut erschießt, wäre ich jederzeit dazu bereit. Mitleid verdienten diese Kreaturen nicht. Das mit den Juden hat ja auch geklappt. Davon gäbe es ja auch nicht mehr so viele." Mama hat das Gespräch mit Frau Lehmann sofort danach beendet und seitdem jeden Kontakt zu Frau Lehmann vermieden. Ich glaube, dass sie sich insgeheim gewünscht hat, dass Karl niemals lebend zurückkehrt. Ich schäme mich dafür, aber ich möchte Karl auch nie wieder begegnen müssen. Er ist widerlich und muss meiner Schwester sehr weh getan haben.

Mama war die letzten Abende immer mal wieder für einige Zeit weg. Wohin sie wollte, hat sie uns nicht verraten. Nur so viel, dass sie auf der Suche nach einer Person sei, die wichtig für Klaras Genesung ist. Gestern Abend kam sie nach Hause und berichtete davon, endlich eine Frau gefunden zu haben. Diese Frau würde uns in ein paar Tagen besuchen und Klara behandeln. Danach würde alles gut werden.

(11)

Jonas hatte gut geschlafen. Er hatte extra seine Weckzeit eine halbe Stunde vorgestellt, weil ihm so mehr Zeit blieb, Natalie bezüglich der Tatnacht zu befragen, denn er wollte, dass sie pünktlich Feierabend machen konnte. Eine Taktik hierfür hatte er sich noch nicht zurechtgelegt. In jedem Fall durfte sie keinen Verdacht schöpfen und musste ihm dennoch alle ihre Beobachtungen schildern, unabhängig davon, ob Natalie diese wichtig oder unwichtig finden würde. Dann fragte er sich, ob Natalies mögliche Beobachtungen eigentlich noch notwendig seien, denn schließlich hat sich die Schlinge um die Kröte fest zugezogen. Wiedermal musste er an das Erwürgen der realen Kröte im Film „Star-Wars" denken und wie dieser dann die Zunge aus dem Hals hing. Böse Gedanken und um dann mit Beckers blöden Sarkasmus zu enden, sagte Jonas zu sich selbst: „Es ist so, viele sollten den Gürtel enger schnallen; einige um den Bauch und andere um den Hals."

Jonas bewegte seinen antiquierten Ford-Fiesta zum Heim und ging schnurstracks in das Schwesternzimmer, in dem er Natalie über den Papieren sitzend, die Übergabe vorbereitete, vorfand. Verwundert sagte sie, als sie Jonas erblickte: „Du bist aber früh dran. Leidest du unter seniler Bettflucht? Aber egal, je eher wir dabei und, desto eher davon, und danke dir jetzt schon dafür, dass ich etwas eher ins Bett komme."

Jonas entgegnete: "Ich wünsche dir auch einen schönen guten Morgen. Ich bin extra früh dran, um dich zu fragen, ob es dir besser geht, denn Luises Tod scheint dich ja doch mitgenommen zu haben. Eigentlich gehört zwar gerade das Sterben in einem Seniorenheim zum täglichen Einerlei, aber dass Frau Remmers so plötzlich tot ist, ist kaum zu glauben. Findest du nicht?"

„Lieb, dass du nachfragst. Ich glaube, ich habe alles überwunden, obwohl ich mich immer wieder gefragt habe, ob ich den Tod verhindern hätte können, indem ich häufiger ihr Zimmer kontrolliert hätte", erklärte Natalie.

„Das glaube ich nicht, denn du wirst wie immer gegen zweiundzwanzig Uhr deinen Rundgang gemacht und in jedem Zimmer nach dem Rechten gesehen haben. Vermutlich war diese Nacht wie jede andere auch: relativ ruhig und bis auf ein paar Bewohner, die den Notruf betätigt haben, hat sich nichts Ungewöhnliches zugetragen. Ich gehe davon aus, dass auch Luise Remmers nicht nach dir gerufen hat. Soweit ich weiß, hat sie euch ja besonders in der Nacht in Ruhe gelassen haben. Stimmts? Außerdem gab es für dich ja keinen ersichtlichen Grund, sie ausgerechnet in dieser Nacht vermehrt aufzusuchen", orakelte Jonas.

„Genau. Frau Remmers war ruhig und hat nicht nach mir geklingelt oder gerufen. Auch sonst ist mir nichts aufgefallen, bis auf eine Kleinigkeit. In Beckers Büro brannte noch Licht. Erst habe ich gedacht, dass Becker vergessen hat, es auszumachen. Jeder weiß doch, dass Becker derjenige ist, der als Letzter zum Dienst erscheint und dafür glaubt, das Recht zu besitzen, als Erster Feierabend machen zu dürfen. Da Beckers Büro nach Dienstschluss immer von ihm abgeschlossen wird, konnte ich das Licht nicht ausmachen. Also bin ich davon ausgegangen, dass er das Lichtlöschen vergessen hat. Aber dann, oh Wunder, sah ich Becker doch tatsächlich um dreiundzwanzig Uhr auf dem Flur. Es sah so aus, als käme er aus Frau Remmers Zimmer. Als Becker mich sah, war er ein wenig verunsichert und meinte, dass Frau Remmers gerufen hätte. Deshalb sei er hereingegangen, habe aber dann festgestellt, dass Frau Remmers tief und fest schläft. Becker hielt seine Arbeitstasche in der Hand und war wohl auf dem Weg nach Hause. Nach unserer Begegnung ist er auch direkt zum Haupteingang gegangen. Ich habe ihm ganz vergessen zu sagen, dass in seinem Büro noch Licht brennt. Das war es aber auch, obwohl so gegen ein Uhr morgens meinte ich noch zu hören, dass jemand auf dem Flur herumschleicht. Als ich daraufhin das Schwesternzimmer verließ, um nachzuschauen, glaubte ich noch einen Schatten wahrzunehmen. Ich bin dann den Flur entlang gegangen, habe aber nichts gesehen. Das ist wohl so, wenn man die achte Nachtschicht hinter sich gebracht hat, hört man manchmal Geräusche, die niemand anders hört und sieht Schatten, die nicht wirklich vorhanden sind", schloss Natalie ihren Bericht ab.

„Das ist wohl so, ich höre auch manchmal Stimmen. Je mehr Frühdienste ich an einem Stück habe, desto lauter werden diese. Und irgendwann einmal werde ich den Stimmen antworten, und dann kann die Klapse nicht mehr fern sein. So, nun aber an die Arbeit. Was gibt es Neues von den Bewohnern?", versuchte Jonas so unauffällig zu wirken wie möglich, um zum Arbeitsalltag, der mit der Übergabe begann, zurückzukehren. Das schien ihm auch gelungen zu sein, denn Natalie beließ es dabei und widmete sich jetzt gemeinsam mit ihm den Bewohnern. Das tägliche Einerlei hatte begonnen, und bald würde er mit weiteren Kollegen des Frühdienstes anfangen, das allmorgendliche Waschritual zu beginnen.

Heute Morgen konnte Jonas Sabine nur kurz sprechen, denn beide waren von ihren zu erledigenden Aufgaben vollkommen vereinnahmt. Dennoch war es Jonas möglich gewesen, Sabine vom Resultat seiner Unterredung mit Natalie zu unterrichten. Im Ergebnis stand aber für beide eines fest: Dieser Sachverhalt musste direkt der Polizei vorgetragen werden, und das muss so schnell wie möglich geschehen. Deshalb verabredeten sich beide um sechzehn Uhr vor dem Polizeirevier in Siekhausen. Weiterhin war mehr als deutlich, dass man auch Viktor Ohlsen nicht in Kenntnis setzen sollte. Das galt erst recht für Peter Becker, der nunmehr ihr Hauptverdächtige war. Darin waren Sabine und Jonas sich einig. Zur weiteren Taktik beschlossen beide, dass Jonas der Hauptpart der Gesprächsführung bei der örtlichen Polizei zukam, so wie man vorher festgelegt hatte, dass Sabine dieses bei Renate Kern oblag. Der Vorteil dieser Absprache war, dass sich beide somit nicht widersprechen konnten und nicht durcheinanderredeten, denn eine wechselseitige Schilderung konnte sehr schnell unpräzise werden und dazu führen, dass der Empfänger zu falschen Schlussfolgerungen kam.

Gerade auch die Beobachterrolle des passiven Parts hatte den Vorteil, dass sich dieser voll und ganz auf die Reaktion des Gesprächspartners konzentrieren konnte.

Sowohl Sabine als auch Jonas konnten pünktlich das Heim verlassen und trafen zeitgleich vor dem Eingang des Reviers ein. Sie betraten die Wache, in der sie von einem uniformierten Polizeibeamten freundlich empfangen wurden. Nachdem sie ihm geschildert hatten, dass sie eine Anzeige wegen eines Diebstahldeliktes erstatten wollten und kurz darauf eingingen, worum es sich hierbei handelte, erklärte ihnen der Beamte, dass noch ein Kollege der Kriminalpolizei im Hause wäre, der insbesondere für Eigentumsdelikte zuständig sei. An diesen würde er sie gerne jetzt verweisen. Der Polizist wies ihnen den Weg in den ersten Stock und erläuterte, dass sie dort an der Tür des Kollegen Schindler anklopfen mögen. Sie fanden den Weg sofort und auf ihr Klopfen hin hörten sie, dass eine Stimme laut vernehmlich sagte, dass sie hereinkommen mögen. Offensichtlich hatte der Polizist von der Wache Herrn Schindler, während sie auf dem Weg zu ihm waren, schon ihr Erscheinen angekündigt, denn Herr Schindler zeigte sich wenig überrascht als Sabine und Jonas sein Büro betraten. Freundlich bot er ihnen einen Platz vor seinem Schreibtisch an. Der Kriminalpolizist Schindler war ein Mann, der etwa fünfzig Jahre alt, mittelgroß und leicht untersetzt, ohne dick zu wirken, war. Er strahlte eine angenehme Gelassenheit aus und er schien so, als brächte ihn nichts aus der Ruhe. Wahrscheinlich verfügte er schon über jahrelange Berufserfahrung. Alles in allem wirkte er sehr souverän und abgeklärt auf die beiden. Das war schon einmal ein gutes Zeichen. Jonas versuchte so detailgetreu wie möglich, ohne sich in den Details zu verlieren, zu berichten. Der Kommissar machte sich derweil handschriftliche Notizen, die weder von Sabine noch von Jonas einsehbar waren. Schindler unterbrach Jonas kein einziges Mal und als er zum Ende seiner Schilderungen gelangte, entstand eine schöpferische Pause. Sabine glaubte, dass der Kommissar jetzt wohl gedanklich prüfte, wie glaubhaft der von Jonas vorgetragene Bericht war.

Danach fragte Schindler: „Welche konkreten Schlussfolgerungen ziehen sie aus ihrem Bericht? Immerhin haben sie doch bestimmt eine Idee, wer für die Taten infrage kommen könnte. Jedenfalls meine ich herausgehört zu haben, dass ihnen eine Person besonders verdächtig vorkommt."

„Das stimmt", sagte Jonas: „Wir halten beide unseren Pflegedienstleiter, Herrn Peter Becker, für den wahrscheinlichsten Täter. Ich betone das Wort „Wahrscheinlichkeit", da ich weiß, dass man niemanden zu Unrecht verdächtigen darf."

Schindler erklärte: „Die Indizienkette ist ausgeprägt, glaubhaft und wer weiß, ob nur ein Diebstahl vorliegt und ob Luise Remmers wirklich eines natürlichen Todes gestorben ist. Auch für Frau Remmers Tod gibt es Hinweise, dass das nicht so ist. Lassen wir es aber zunächst bei dieser Spekulation. Aber, jetzt kommt es für sie beide: Ab diesem Zeitpunkt ist ausschließlich die Polizei zuständig und auch nur sie wird alleine tätig. Das bedeutet für sie, dass ihre privaten und durchaus löblichen Ermittlungen mit dieser Berichterstattung zu Ende sind. Ihre letzte Aufgabe besteht darin, ihre mündlich vorgetragenen Angaben in Form eines Protokolls, das ich heute noch fertigen werde, mit ihrer Unterschrift zu bestätigen. Dazu möchte ich sie bitten, morgen im Laufe des Tages bei mir noch einmal zu erscheinen. Bevor ich es vergesse, Frau Siegmann haben sie dem, was Herr Kaufmann berichtet hat, noch etwas hinzuzufügen?"

Sabine verneinte die Frage, entgegnete aber: „Gibt es eine Möglichkeit, uns dennoch über den Stand ihrer

Ermittlungen zu informieren? Ich möchte nicht den Eindruck der unverschämten Neugier bei ihnen erwecken, aber auch für unseren Job könnte das, was sie jetzt veranlassen werden, Konsequenzen haben. Wenn das zum Heimleiter oder sogar zur Geschäftsführung dringt, was wir ihnen berichtet haben, weiß ich nicht, was die informell mit uns machen. Nur, dass wir uns richtig verstehen: Wir sind keine Nestbeschmutzer und haben es uns nicht einfach gemacht, die Polizei einzuschalten. Außerdem denke ich daran, dass man uns möglicherweise als Zeugen in einem späteren Gerichtsverfahren vorladen könnte."

Herr Schindler antwortete: „Leider darf und kann ich ihnen den Stand der Ermittlungen nicht mitteilen. Dass es zu einem Gerichtsverfahren kommen kann, ist sehr wahrscheinlich. Glauben Sie mir, es ist besser, nur das dann zu sagen, was sie auch wirklich wissen. Die Zeugen neigen oft dazu, alles erklären zu müssen und fangen dann an, zu spekulieren und verlieren sich in Vermutungen, die ihnen dann zum Verhängnis werden können. Die Erklärung des polizeilichen Tuns in Verbindung mit der Rechtmäßigkeit obliegt ausschließlich der Polizei. Alleine aus diesem Grund wäre es fatal, wenn sie beispielsweise wüssten, welche polizeilichen

Maßnahmen wir konkret treffen, denn das würde ihre Glaubwürdigkeit herabsetzen. Wenn es zu einer Anklage kommt, sitzt ein Verteidiger neben dem Angeklagten und vertritt ausschließlich die Interessen seines Mandanten. Dabei gibt sich ein guter Anwalt alle Mühe, die Glaubwürdigkeit der Zeugen zu erschüttern und wenn der wüsste, dass sie weiterhin mit der Polizei aktiv zusammenarbeiten, wäre das ein gefundenes Fressen für ihn und ihre Unbefangenheit würde vom gegnerischen Anwalt in Zweifel gezogen werden. Da können sie sich ganz sicher sein. Ich muss ihnen aber jetzt schon mitteilen, dass sich die Konsequenzen unseres polizeilichen Handelns schnell herumsprechen werden wie ein Lauffeuer. Es wird zu großer Unruhe in ihrem Kollegenkreis, aber auch unter den Bewohnern kommen. Da reicht es schon aus, wenn die Polizei ins Haus kommt. Die Spekulationen sprießen dann wie Pilze aus der Erde. Aber, ich glaube nicht, dass ihre Berufsausübung gefährdet wird, denn man kann ihnen wirklich nichts anlasten. Sie sind doch verpflichtet, als Mitarbeiter des Seniorenheimes solche Beobachtungen der Polizei mitzuteilen. Um eines muss ich sie noch bitten: Halten sie Stillschweigen über das, was sie bisher in diesem Fall in Erfahrung gebracht haben. Obwohl, da sie das bisher auch getan haben, gibt es im Prinzip für mich keinen Zweifel daran. Ich möchte es nur der Form willen zusätzlich erwähnt wissen."

Sabine gab sich mit der Auskunft zufrieden. Jonas und sie verabschiedeten sich vom Kommissar und versprachen am Nachmittag zur Unterschriftsleistung, natürlich, nachdem sie das gesamte Protokoll gelesen hätten, vorstellig zu werden. Daraufhin verließen Jonas und Sabine das Polizeirevier und tauschten sich aus.

Jonas erklärte: „Irgendwie bin ich erleichtert, dass jetzt die Polizei weitermacht, und wir die Sache abgeben konnten. Die ganze Sache wird doch zu prekär für uns, insbesondere, wenn unsere Heimleitung wirklich davon erfahren sollte. Ich hoffe, dass Herr Schindler unsere Namen zunächst heraushält. Ich werde ihn morgen diesbezüglich noch mal eindringlich darum bitten. Allerdings finde ich, sollte sich Renate Kern noch einmal, aus welchem Grund auch immer, bei uns melden und uns um Hilfe bitten, müssten wir unabhängig von der Polizei ein letztes Mal tätig werden. Das haben wir ihr versprochen. Es kann ja sein, dass sie nun das Tagebuch aus dem Schließfach holt und uns übergeben will. Allerdings ist es auch möglich, dass die Polizei das Buch beschlagnahmen wird, insbesondere dann, wenn feststeht, dass Luise umgebracht wurde." Jonas sprach Sabine damit aus der Seele, denn auch sie war erleichtert, alles der Polizei mitgeteilt zu haben und war auch damit einverstanden, Frau Kern bezüglich des Tagebuches zu helfen. Beide machten sich auf den Heimweg und würden morgen ihren freien Tag genießen. Der freie Tag käme passend, denn wenn wirklich morgen die Polizei ins Heim käme, wäre dort der Teufel los.

Schindler resümierte: Muss ich jetzt sofort tätig werden oder verschiebe ich meine Maßnahmen auf den nächsten Tag? Er glaubte nach dem Abwägen des Für und Wider, dass eine morgige geordnete, strukturierte Vorgehensweise erfolgversprechender war, als ein improvisiertes Hauruck-Verfahren heute. Alleine schon um diese Zeit Personal zu bekommen, war ein nicht zu lösendes Unterfangen. Die Gefahr, dass Becker das Diebesgut heute verschwinden lässt, hielt er für nicht so groß. Weiterhin konnte er sich darauf verlassen, dass Frau Siegmann und Herr Kaufmann ihre Erkenntnisse nicht weitergeben würden. Morgen, direkt nach Dienstbeginn, würde er den Pflegedienstleiter, Herrn Becker, in seinem Büro im Seniorenheim „Lindenblüte" aufsuchen, um ihm mit dem Vorwurf zu konfrontieren, natürlich nicht, ohne ihn entsprechend vorher belehrt zu haben. Die Beweislage ist so gut, dass er einen richterlich bestätigten Durchsuchungsbeschluss erwirken könnte, den er dann morgen gleich dabeihätte. Die Durchsuchungsobjekte wären Beckers Büro, sein Auto sowie dessen Haus, denn die Wahrscheinlichkeit, dass Becker nicht nur im Besitz des Diebesgutes war, sondern dieses auch in seinem Haus deponiert haben könnte, war sehr hoch. Beide Durchsuchungen sollten zeitgleich stattfinden, nicht, dass Becker vom Büro aus seine Frau vorwarnt, damit die das Diebesgut verschwinden lassen könnte. Das Büro und der PKW könnten nacheinander durchsucht werden, sofern Becker mit seinem Auto zum Heim fahren würde. Außerdem ist es überlegenswert, die Leiche von Luise Remmers nachträglich obduzieren zu lassen, denn auch hier gab es Erkenntnisse, dass Luise Remmers nicht eines natürlichen Todes gestorben sein könnte. Zunächst galt es aber herauszufinden, in welchem Beerdigungsinstitut sie aufgebahrt wurde. Die entsprechende Obduktion würde im Institut für Rechtsmedizin stattfinden. Basierend auf diesem Ergebnis der Obduktion ist es notwendig, Frau Remmers Tagebuch einzusehen, um es auszuwerten. Denn dieses Tagebuch könnte eine Verbindung von Frau Remmers zu ihrem Mörder beinhalten. Die Auswertung wäre aber dann entbehrlich, wenn der Rechtsmediziner den natürlichen Tod, den der Arzt

Waldheim ja schon vorab festgestellt hat, bestätigt. Also, eine Menge Arbeit käme morgen auf Schindler zu. Er war bereit, sich richtig in den Fall reinzuhängen und überlegte jetzt schon, wie viele Kollegen er für die morgigen Durchsuchungen benötigen würde. Der Vorteil war, dass das Revier personell gut aufgestellt war, da die Haupturlaubszeit noch in weiter Ferne lag. Außerdem brauchte er keine großen Formalien zur Anforderung der personellen Unterstützung beachten, die sonst verbindlich einzuhalten sind, da er den kleinen Dienstweg hierzu beschreiten konnte. Der zuständige Revierleiter war flexibel und bediente, um das polizeiliche Ziel zu erreichen, auch mal gerne die dienstliche Grauzone und verzichtete im Einzelfall auf bremsende Formalien.

05.07.1944

Klara geht es etwas besser. Sie wirkt nicht mehr ganz so traurig und manchmal huscht sogar ein Lächeln durch ihr Gesicht. Ihr ist auch nicht mehr immer so schlecht, sodass sie das Essen im Magen behält und sich nicht mehr ständig übergeben muss. Dennoch bemerke ich bei ihr und vor allem bei Mama eine große Anspannung und Nervosität. Mama sagt, dass heute Abend die Frau käme, um Klara wieder ganz gesundzumachen. Ich habe, da ich ja von Mama keine Antwort bekommen habe, Klara gefragt, wer diese Frau ist und was sie machen wird. Klara sagte mir, ich solle mir keine Sorgen machen, denn bald würde alles mit ihr wieder gut werden und dann könnten wir so leben wie früher einmal. Damit meint sie aber nicht die Zeit vor dem Krieg, an die ich mich auch gar nicht mehr erinnern kann, sondern die vor ihrer Krankheit. Mama sagte zu mir, ich sei ein typisches Kriegskind und das wäre sehr schlimm für mich, weil man mir meine Kindheit und die damit verbundene Unbekümmertheit genommen hätte. Dann berichtet sie hin und wieder davon, wie schön es vor dem Krieg war, weil auch Papa da war, und die Menschen im Frieden gelebt hätten und das Ganze ohne Angst vor den Bomben. Ich kann mich kaum noch daran erinnern, wie es mit Papa war und bin ganz traurig darüber, dass ich nicht mehr weiß, wie er spricht und wie er aussieht. Manchmal bekommen wir eine Karte über die Feldpost von ihm und einmal hat er uns auch einen längeren Brief geschrieben. Jedes Mal schreibt er uns, dass es ihm gut ginge, und wir uns keine Sorgen machen sollen. Ich glaube aber nicht daran, denn von anderen habe ich gehört, wie schwierig das Leben eines Soldaten gerade an der Ostfront sein muss. Vor allem im Winter würden da mehr als zwanzig Grad Minus sein. Ich war einmal draußen bei diesen Temperaturen und zudem blies noch ein eisiger Nordwind. Ich habe es kaum eine halbe Stunde ausgehalten, dann musste ich ins Haus, um mich aufzuwärmen. Wenn ich mir vorstelle, dass Papa Tag und Nacht draußen in der Kälte verbringen muss, bekomme ich richtig Angst um ihn, denn ich glaube nicht, dass er sich in einem beheizten Haus aufwärmen kann. Es muss schrecklich sein, die Nächte draußen verbringen zu müssen. Mama wird, je näher der Abend kommt, immer nervöser. Sie hat Angst, dass wir auch heute wieder in den Bunker müssen. Doch wir scheinen Glück zu haben, denn die Sirenen schweigen. Es ist mittlerweile einundzwanzig Uhr und plötzlich klingelt es an der Haustür. Ich will öffnen, doch Mama sagt, ich solle in mein Zimmer gehen, da es jetzt Zeit zum Schlafen wäre. Ich meutere, dass ich noch gar nicht müde sei, doch Mama herrscht mich an, sofort nach oben zu gehen. So unwirsch und unfreundlich war sie seit langem nicht mehr zu mir. Erschrocken folge ich ihrer Anweisung. Noch bevor ich oben ankomme, ruft sie, dass ich ja meine Zimmertür schließen solle und auf gar keinen Fall dürfe ich sie öffnen. Und wehe, es würde mir einfallen, das Zimmer zu verlassen. Warum ich die Frau nicht sehen darf, denn nur die kann es gewesen sein, die bei uns geklingelt hat, weiß ich nicht. Ich tröste mich aber, weil Klara entgegen ihrer sonstigen Gewohnheiten auch schon in ihrem Bett liegt. Als ich mein Zimmer betrete, sehe ich vorher noch, dass in Klaras Zimmer das Licht brennt. Das Licht darf nur abends dann eingeschaltet werden, wenn vorher alle Rollladen heruntergelassen wurden. Mama sagt, dass das befohlen wurde, damit sich die feindlichen Flieger bei ihren Luftangriffen nicht orientieren können. Wenn alles dunkel ist, können die Bomber ihr Ziel nicht erkennen und werfen ihre Fracht irgendwo ab. Falls man aber jemanden erwischen würde, der das Licht brennen hat, ohne vorher verdunkelt zu haben, gäbe es eine schwere Strafe für ihn.

Dann ist alles ruhig in unserem Haus. Ich höre nur ein leises Tuscheln auf dem Flur. Ich erkenne Mamas Stimme und die unbekannte Stimme muss wohl der fremden Frau gehören. Danach gehen die Frauen wohl in Klaras Zimmer, denn auf einmal ist nichts mehr zu hören. Mir ist nicht wohl, und ich habe Angst. Hoffentlich gelingt es der Frau, Klara gesundzumachen. Vielleicht braucht meine Schwester nur bittere Medizin zu trinken und mehr nicht. Ich glaube nicht, dass die Frau Klara operieren wird, denn das wird ja nur im Krankenhaus gemacht. Bei diesem Gedanken schließe ich meine Augen, versuche mich zu beruhigen, um einzuschlafen. Ich träume von einem großen Monster, das uns bedroht und Klara in seinen Klauen hält und ihr den Kopf abbeißen will. Dabei brüllt es ganz laut und sieht ganz furchterregend aus. Plötzlich brüllt es nicht mehr, sondern schreit, als hätte es grausame Scherzen. Dann werde ich wach. Das Brüllen kommt nicht vom Monster, sondern aus Klaras Zimmer und es ist auch nicht das Schreien des Monsters, sondern dieses kommt aus Klaras Mund. Was macht die Frau mit meiner Schwester und warum greift Mama nicht ein? Ich weine, halte mir die Ohren zu, höre aber immer noch das Wehgeschrei meiner geliebten Schwester. Ich halte es nicht mehr in meinem Bett aus und will in Klaras Zimmer laufen, um der Frau zu sagen, dass sie sofort aufhören solle. Das traue ich mich nicht, denn ich habe vor Mama Angst. Dann hört das Schreien auf, und ist es nur noch ein

Wimmern zu hören. Endlich schlafe ich wieder ein und ahne, nein, ich weiß es, dass morgen alles anders sein wird.

(12)

Kriminalhauptkommissar Schindler stand pünktlich um neun Uhr mit zwei weiteren seiner Kollegen vor dem Haupteingang der Seniorenresidenz „Lindenblüte". Schindler hatte seine beiden Kollegen gebeten, obwohl diese es gewohnt waren, den Dienst in Uniform zu versehen, dieses Mal in ziviler Kleidung zu erscheinen, denn er wollte so wenig wie möglich Aufsehen erregen. Gerade, so vermutete er, wenn die Bewohner Uniformträger sehen, seien sie vielleicht verunsichert und hätten Angst. Auf jeden Fall wäre der Aufruhr im Seniorenheim programmiert. Er wusste, dass die Uniform häufig bei der älteren Generation mit Respekt und Anerkennung der Obrigkeit, gleichsam aber auch mit Bedenken und Gefahr verbunden wurde. Niemand wusste, wie oft man den Bewohnern, als sie noch kleine Kinder waren, mit der Polizei, die stellvertretend für den Schwarzen Mann herangezogen wurde, gedroht hatte. Zumindest war die Drohung mit der Polizei ein probates Mittel der Kindererziehung. Alle drei Männer verhielten sich so unauffällig wie möglich, betraten durch den Haupteingang kommend den Flur des Erdgeschosses und klopften an der Tür, an der das Schild mit der Aufschrift „Pflegedienstleiter Peter Becker" befestigt war. Ohne das Herein abzuwarten, öffneten sie die Tür und trafen auf Peter Becker, der hinter seinem Schreibtisch saß. Schindler stellte seine Kollegen und sich vor und wollte zunächst Beckers Reaktion abwarten, bevor er fortfahren würde. Becker war mehr als verblüfft, bekam seinen Mund kaum zu und stammelte so etwas wie guten Tag und fragte gebrochen, was er für die Herren tun könnte. Dabei vergaß er völlig, dem unerwarteten Besuch einen Platz anzubieten. Das störte die Herren aber wenig, zwei von ihnen setzten sich auf die Stühle vor Beckers Schreibtisch und der dritte holte sich einen Stuhl aus der Nähe und platzierte diesen so, dass Schindler nun in der Mitte direkt vor Becker saß. Ohne Umschweife, denn der Überraschungsbesuch sollte auch weiterhin lähmend auf Becker wirken, erklärte Schindler, dass Becker im Verdacht stehe, Frau Luise Remmers bestohlen zu haben. Weiterhin erklärte er, dass Becker die Aussage verweigern könne und sich nicht selbst belasten müsse. Danach folgte der obligatorische Satz, dass es ihm frei stünde, jederzeit einen Rechtsbeistand hinzuzuziehen. Abschließend stellte Schindler die abschließende Frage, ob Peter Becker das alles verstanden habe. Schindler sprach den Belehrungstext absichtlich schnell, ja fast überfallartig und monoton, weil er hoffte, eine Spontanäußerung Beckers zu erhalten.

Außerdem war es ihm recht, dass sein Belehrungstext formal zwar auf die Hinzuziehung eines Anwaltes hinwies, aber dieser durchaus vom Verdächtigen überhört wurde, sodass er auf dieses Recht unwissentlich verzichtete. Einen Anwalt, wenn es schlecht lief, heraussuchen zu müssen, um dann noch ewig auf dessen Erscheinen vor Ort warten zu müssen, bedeutete quälenden Zeitverzug und vor allem hatte derjenige dann Zeit, nachzudenken, um sich eine Rechtfertigungsstrategie zurechtzulegen.

Becker standen die Schweißperlen auf der Stirn, und er fing an, am ganzen Körper zu zittern und sein Gesicht lief puterrot an; so perplex, aber vor allem, so aufgeregt war er. Er, der sein Büro immer als Komfortzone betrachtet hatte; seine Kampfarena, in der er so viele Siege gefeiert und in der er einige Untergebene zerschmettert hatte, die dann tränenüberströmt die Stätte seiner Triumphe verlassen mussten, war nun in der völligen Defensive. Soeben war er der, dem es an den Kragen gehen könnte. Allerdings würde er bis zum letzten Blutstropfen kämpfen. Kämpfen, wogegen und wen, das wusste er nicht so ganz genau. Und dann fiel ihm auf, dass er sich in Durchhalteparolen verloren hatte. Er musste einfach seine Gedanken sortieren. Becker tat so, als verstünde er nicht und hätte am liebsten gefragt, wer denn diese Luise Remmers sei. Das ging aber nicht, denn schließlich war er Pflegedienstleiter, der nicht nur alle Bewohner kennen sollte, sondern besonders die, die vor kurzem gestorben waren. Das würden selbst die blöden Bullen ihm nicht abnehmen, dass ihm die Remmers völlig unbekannt war. Allerdings hatte er mal im Fernsehen gesehen, dass man Personen Bilder von Opfern oder Tätern zeigte, die dann so taten, als hätten sie die Abgebildeten nie gesehen, obwohl das nachweislich gelogen war. Die hatten ihm aber kein Bild auf den Schreibtisch zur Ansicht gelegt. Der Trick fiel also aus. Stattdessen brüllte er: „Ich soll was! Niemals! Wie komme ich dazu, ich bin hier nicht irgendeine billige Arbeitskraft, sondern in Leitungsfunktion tätig. Ich bin hier der Pflegedienstleiter, also der zweite Mann im Haus. Was erlauben sie sich mit ihren unhaltbaren Anschuldigungen eigentlich? Ich werde mich umgehend bei ihrem Vorgesetzten über sie beschweren!"

Schindler war lange Zeit genug im Geschäft, um solche Drohungen nicht ernst zu nehmen, die nur das Ziel hatten, Eindruck zu schinden, um ihn zu verunsichern. Er folgerte entsprechend und sprach gelassen: „Sie kennen also Frau Remmers und wissen bestimmt auch, dass sie einige Gegenstände von

großem Wert in ihrem Zimmer aufbewahrte. Ich
gehe ferner davon aus, dass ihnen auch bekannt war,
dass Frau Remmers im Besitz wertvollen Schmuckes
war, den sie in einer Schatulle verstaute. Dieser
Schmuck und die dazugehörige Schatulle fehlen jetzt
aber."

Becker glotzte Schindler ungläubig an und blaffte:
„Natürlich weiß ich, dass die Remmers hier
Bewohnerin war und obwohl sie es nicht für möglich
halten, ich weiß sogar, dass sie verstorben ist.
Allerdings bin ich mir noch nicht einmal sicher,
welches Zimmer sie im Heim bewohnte. Ganz sicher
bin ich aber, dass ich ihr Zimmer zu keinem
Zeitpunkt je betreten habe. Dafür sind die von der
Pflege täglich in den Zimmern der Bewohner und
ach ja, natürlich auch die „Halma Fraktion" oder wie
sie sich selbst nennen: der Soziale Dienst. Fragen sie
da mal nach, denn dann finden sie auch ihren Täter,
sofern das alles stimmt, was sie so hier von sich
geben." „Sie halten also einen Diebstahl an einem
Bewohner grundsätzlich für möglich?", wollte
Schindler wissen: „Und sie sind sich ganz sicher, dass
sie niemals das Zimmer von Frau Remmers betreten
haben?" „Wie oft denn noch. Zum Mitschreiben:
Ich war nie im Zimmer der Remmers, ergo, kann ich
sie auch nicht bestohlen haben. Um nun zum ersten

Teil ihrer bekloppten Frage zu kommen, hier wird manchmal schon geklaut, vielleicht sogar im großen Stil, was weiß ich, aber nicht von mir. Die überführten Diebe stammen allesamt aus dem unteren Gehaltsegment des Heimes, zu dem ich sicherlich nicht gehöre. Ich verdiene so viel Geld, dass ich es nicht nötig habe, irgendwelche Bewohner zu bestehlen", antwortete Becker, der inzwischen Oberwasser bekam.

Was Becker nicht wusste, war, dass direkt nach Schindlers Eintreffen im Heim auch die Spurensicherung erschienen war, die während der Vernehmung das Zimmer der Luise Remmers auf sämtliche Spuren untersuchte. Dazu gehörten insbesondere auch die Sicherung von Fingerspuren, die man überall finden würde. Schindler hielt es zunächst für besser, Becker nichts von der gerade durchgeführten Spurensicherung zu erzählen. Stattdessen setzte er fort: „Haben sie denn nach Frau Remmers Tod ihr Zimmer betreten? Sie sagten nur, dass sie es vorher nicht aufgesucht hätten. Überlegen Sie bitte ganz genau!" „Natürlich nicht, weder vor noch nachdem die Frau gestorben ist. Ich habe mit der Sache nichts zu tun", entgegnete Becker. „Herr Becker", fuhr Schindler fort: „Wie haben sie den Abend als Frau Remmers verstarb, verbracht?"

Becker überlegt und antwortete: „Ich war länger im Büro, weil es noch so einiges zu tun gab. Die Urlaubsplanung der Belegschaft musste vorbereitet und entsprechend in die Urlaubslisten eingetragen werden. Schließlich will ja jeder verlässlich wissen, wann er seinen Jahresurlaub nehmen kann. Diesbezüglich war ich sowieso spät dran. Als ich damit fertig war, habe ich so gegen halb elf Uhr mein Büro verlassen und bin nach Hause gefahren. Den Rest des Abends habe ich mit meiner Frau verbracht. Gegen Mitternacht sind wir gemeinsam ins Bett gegangen." „Sie sind also direkt vom Büro zu ihrem Auto gegangen?", wollte Schindler wissen. „Natürlich, warum fragen sie?", konterte Becker. „Nun ja", gab Schindler zu bedenken: „Das kann so nicht ganz stimmen, denn sie wurden an jenem Abend beobachtet, als sie aus Luise Remmers Zimmer kamen. Das passt aber so gar nicht zu ihrer Schilderung, finden sie nicht auch?" Becker fühlte sich ertappt, da ihm plötzlich einfiel, der blöden Nachtwache begegnet zu sein und so versuchte er sich zu rechtfertigen, indem er sagte: „Moment, sie machen mich ganz nervös mit ihrer penetranten Fragerei. Ich erinnere mich jetzt doch noch. Auf dem Weg nach draußen habe ich so merkwürdige Geräusche aus einem Bewohnerzimmer gehört und habe die Zimmertür geöffnet, schaute kurz hinein, um festzustellen, dass der Bewohner tief und fest schlief. Also musste ich mich getäuscht haben. Ist aber auch logisch, wenn man einen Fünfzehnstundentag hinter sich hat." „In welches Zimmer haben sie denn geschaut? Könnte es sich zufälligerweise um das der Frau Remmers gehandelt haben?" wollte Schindler wissen. „Kann schon sein. Weiß ich nicht mehr. Irgendein Zimmer eben. Eigentlich ist für so was ja auch die Nachtwache zuständig. Anstatt so viel zu plaudern, sollte sie einfach mal ihre Arbeit machen." antwortete Becker. „Die Nachtwache ist sich sicher, dass sie aus Frau Remmers Zimmer kamen", versuchte der Kommissar Becker festzunageln. „Guter Mann, ich weiß es nicht mehr. Die Zimmertüren sehen alle gleich aus. Ich bin mir aber sicher, das Zimmer nicht betreten zu haben. Reicht ihnen das endlich?" erklärte der Pflegedienstleiter.

„Das habe ich verstanden und mein Kollege hat das auch so notiert. Sie werden sich jetzt wahrscheinlich aufregen, aber ich habe hier einen richterlich bestätigten Durchsuchungsbeschluss, der uns befugt, ihr Büro, ihren PKW und ihr Haus zu durchsuchen. Ich will ihnen auch sagen, wonach wir suchen. Es handelt sich zunächst konkret um die Schatulle und den Schmuck der Luise Remmers und nach

weiteren, möglichen, aber noch nicht bekannten
Beweismitteln. Wenn wir mit der Durchsuchung
ihres Büros fertig sind, folgt dann die Nachschau in
ihrem PKW. Anschließend begleiten sie uns bitte zur
Polizeiwache in Siekhausen, weil wir ihnen da unter
anderem die Fingerabdrücke abnehmen werden. Ich
hoffe, sie haben mich verstanden."

Becker dachte nach und sprach dann überraschend
gefasst: „Gut, sie schauen in mein Büro und im Auto
nach, und dann fahren wir in mein Haus, damit sie
dort weiter schnüffeln können. Und meinetwegen
begleite ich sie auch zur Polizei, wegen der
Fingerabdrücke oder so. Ich habe nur vorher einen
Wunsch: Ich möchte meine Frau anrufen, um ihr
mitzuteilen, dass ich später nach Hause komme und
um ihr zu sagen, unter welcher polizeilichen Willkür
ich hier zu leiden hätte. Allerdings führe ich das
Gespräch alleine, ohne ihre entzückende
Anwesenheit. Entweder verlassen sie jetzt mein Büro,
oder ich nehme mein Handy mit auf den Flur und
telefoniere von dort aus. Ich habe ja schließlich auch
meine Rechte."

Schindler versuchte nach innen zu grinsen und
hoffte, dass es ihm das auch gelungen sei, denn
Beckers Vorschlag war einfach zu lächerlich. Nur das
wollte er nicht so offenkundig zum Ausdruck

bringen. „Herr Becker, natürlich können sie ihre Frau anrufen, um ihr zu erklären, dass sich ihre Ankunft zu Hause verzögern könnte. Ich hege allerdings die Vermutung, dass sie den Anruf an ihre Frau dazu nutzen wollen, um sie zu instruieren, möglichst schnell das Diebesgut verschwinden zu lassen. Aber, wie gesagt, das ist nur meine persönliche Einschätzung zu ihrem Anrufwunsch. Aus diesem Grunde können wir sie beim Telefonat leider nicht alleine lassen. Sehen Sie uns das bitte nach. Auch ihr gedachter Verlauf der polizeilichen Maßnahmen stellt sich bedauerlicherweise nicht so dar, wie sie glauben. Es stimmt, die Bürodurchsuchung beginnt jetzt, aber zeitgleich wird auch ihr Haus durchsucht, bzw., die dort eingesetzten Kollegen dürften damit schon längst begonnen haben. Mir wurde gerade mitgeteilt, dass man damit schon fast fertig sei. Es fehlt wohl noch der Keller. Im Übrigen wird die Durchsuchung durch die Anwesenheit ihrer Ehefrau akribisch begleitet, so berichtete man mir. Ich denke, wenn wir jetzt mit ihrem Büro beginnen und danach schnell in ihr Auto schauen, sind auch die Kollegen in ihrem Hause fertig. Das Ergebnis wird mir sofort mitgeteilt und sobald mir das vorliegt, informiere ich sie selbstverständlich. Allerdings muss ich sie jetzt bitten, uns ihre Schrank- und Schreibtischschlüssel auszuhändigen. Sie wollen doch bestimmt nicht, dass wir diese aufbrechen müssen. Zudem möchten wir doch ihre kostbare Zeit nicht länger beanspruchen als notwendig. Stimmts Kollegen?"

Becker wurde kalkweiß, händigte die Schlüssel aus und stützte seinen Kopf mit den Händen, die sich auf der Schreibtischplatte befanden. Sein leerer Blick war auf die Platte gerichtet. Er hätte weinen können, aber das wäre bestimmt als Schuldeingeständnis ausgelegt worden. „Überdies war er ein ganzer Mann, der niemals aufgibt!", sprach er sich selbst Mut zu. Peter Beckers Büro war schnell durchsucht und man hatte nichts Auffälliges gefunden, das mit Luise Remmers Eigentum in Verbindung gebracht werden konnte. Für Schindler war das keine Überraschung und auch als man in Beckers PKW nichts entdeckt hatte, blieb er dennoch völlig ruhig und gelassen, denn damit hatte er insgeheim gerechnet, da Becker, nachdem er Luises Zimmer am späten Abend verlassen hatte, laut Angaben der Nachtwache, sofort aus dem Seniorenheim gegangen war. Außerdem konnte man auch nicht damit rechnen, dass Becker das Diebesgut im Auto aufbewahrte. Ein Auto für ein solches Versteck zu nutzen, war eher ungewöhnlich.

Der erlösende Anruf kam als die Polizisten mit Becker im Streifenwagen unterwegs zum Revier waren, um ihm dort die Fingerabdrücke abnehmen zu lassen. Eine entlastende Nachricht wäre für Becker gewesen, dass man in seinem Hause nichts gefunden hätte; gänzlich anders interpretierte Hauptkommissar Schindler die Erlösung des Anrufes, und er hatte mit seiner Einschätzung recht. In einer Kartoffelkiste im Keller, die zu zweidrittel gefüllt war, fand man nach einigem Wühlen in den Kartoffeln die Schmuckschatulle, die aller Wahrscheinlichkeit nach Luise Remmers gehörte. Auf die Frage nach der Herkunft der Schmuckschatulle, erklärte Frau Becker zu allem Überfluss, dass das nicht ihre sei und sie keine Ahnung hätte, wie die dort hingekommen sei und wem die gehören könnte. Schindler hatte den Anruf entgegengenommen, wartete aber noch ab, bevor er Becker mit dem Inhalt konfrontierte, da er dafür sein Dienstbüro für geeigneter hielt. Man weiß ja nie, wie sich jemand gebärdet, wenn er erfährt, dass er jetzt so gut wie überführt wäre. Bevor man aber Schindlers Büro betrat, wurde Peter Becker erst der erkennungsdienstlichen Behandlung unterzogen, sodass jetzt seine Fingerabdrücke vorlagen. Becker wischte sich seine geschwärzten Fingerkuppen ab und nahm in Schindlers Büro Platz.

„Herr Becker, wir haben in einer Kartoffelkiste in ihrem Keller ihres Hauses eine Schatulle, die mit Schmuck gefüllt war, gefunden. Ihre Frau kann sich die Herkunft nicht erklären. Wissen sie etwas über die Schmuckschatulle nebst Inhalt? Möchten sie etwas dazu sagen? Ich erinnere sie vorsorglich noch einmal an meinen Belehrungstext", erläuterte Schindler ihm. Becker wurde schmallippig und fügte lediglich hinzu: „Nein danke, ich sage jetzt erst mal gar nichts mehr und einen Anwalt will ich auch haben."

„Auch wenn sie nichts mehr sagen wollen, so muss ich ihnen mitteilen, dass wir ihre von hier stammenden Fingerabdrücken jetzt im Moment gerade mit denen abgleichen, die wir in Frau Remmers Zimmer gefunden haben. Ich gehe davon aus, dass der Abgleich positiv, das heißt dann, für sie negativ verlaufen wird. Außerdem muss ich ihnen mitteilen, dass wir die Leiche der Frau Remmers obduzieren lassen. Auch wenn Herr Waldheim natürlichen Tod angekreuzt hat, bestehen bei uns begründete Indizien, die auf einen Totschlag oder sogar Mord hindeuten lassen. Herr Becker, wollen sie nicht ihr Gewissen erleichtern und alles gestehen. Glauben Sie mir, es geht ihnen dann besser!" versuchte Schindler zu überzeugen.

Becker hielt inne und als er den Begriff Mord gehört hatte, brach er in sich zusammen: „Es stimmt, ich habe die Remmers bestohlen. Ich wusste von dem wertvollen Schmuck und konnte einfach nicht widerstehen. Es war so leicht, abzuwarten, bis sie schlief, sich in ihr Zimmer zu schleichen, um dann aus der Anrichte den Schmuck herauszunehmen. Ein Kinderspiel, weil die Anrichte noch nicht einmal abgeschlossen war. Ich brauche das Geld, denn meine Frau und ich leben schon so lange über unsere Verhältnisse. Beim Kauf des Hauses haben wir uns finanziell völlig übernommen. Ich habe das von Anfang an geahnt, aber meine genusssüchtige Frau meinte, dass wir das schon schaffen werden. Ich solle mal auf eine kräftige Gehaltserhöhung drängen, denn schließlich wäre ich ja unentbehrlich. Wenn die wüsste, wie es um mich beruflich bestellt ist, würde sie sich so oder so von mir scheiden lassen. In der Nacht als die Remmers starb, habe ich mich reingeschlichen und sie bestohlen, aber ich habe ihr nichts zu leide getan. Die hat tief und fest geschlafen und nichts, aber überhaupt nichts bemerkt. Das müssen sie mir glauben. Ich habe sie nicht getötet! Ich war selbst überrascht als ich am darauffolgenden Morgen von ihrem Tod erfuhr; das können sie mir glauben. Ich war es nicht, ganz ehrlich. Ich bin doch kein Mörder", schloss er verzweifelt sein Geständnis ab.

Schindler hakte nach: „Herr Becker, es ist gut, dass sie ihr Gewissen entlastet haben. Zumindest gilt dieses für den Diebstahl. Um diesen abschließen zu können, habe ich noch eine Frage. Was hatte es mit der Inventarliste der Luise Remmers auf sich?"
Becker antwortete: „Ach ja, diese dämliche Liste. Der Kaufmann suchte mich in meinem Büro auf und behauptete, dass die Remmers über alles, was sie besaß, eine Liste erstellt hatte. Darin musste ja auch der Schmuck oder wenigstens die Schatulle aufgeführt sein. Ich wollte natürlich nicht, dass Kaufmann die sofort holen soll, denn ich brauchte ja Zeit, um sie verschwinden zu lassen. Deshalb befahl ich ihm, sie mir am nächsten Morgen zu übergeben. Zum Glück hat der sich an meine Order gehalten. Ich habe, nachdem Kaufmann mein Büro verlassen hatte, mir das Dokument besorgt und zerrissen. Glücklicherweise hat mich niemand dabei gesehen. Kaufmann kam am nächsten Morgen zu mir und musste gestehen, dass es keine Liste mehr gab. Ich ging davon aus, dass sich außer Kaufmann niemand für die Inventarliste interessiert. Aber da sie nachfragen, stimmt das offensichtlich nicht."

„Richtig", antwortete Schindler: „denn neben Herrn Kaufmann kannte auch Frau Siegmann die Liste und da man den Inhalt mit dem tatsächlichen Bestand des Eigentums der Luise Remmers vergleichen wollte, hatte Frau Siegmann vorher eine Kopie des Originals gemacht. Dass sie sich die Liste aushändigen lassen wollten, machte sie im Prinzip nur noch verdächtiger. Ich bringe ihre Aussage jetzt zu Papier. Anschließend prüfen Sie bitte den Inhalt meines Protokolls, und sollte es der Wahrheit entsprechen, unterzeichnen sie es bitte. Leider werden wir in die Haftprüfung einsteigen müssen, und es obliegt dem Richter, eine mögliche Untersuchungshaft anzuordnen. Bis zu diesem Zeitpunkt bleiben sie im polizeilichen Gewahrsam." Becker wurde abgeführt und musste bis zur richterlichen Entscheidung in einer Zelle verweilen. Vorher rief er noch seine Frau an und erreichte einen Rechtsanwalt, der ihm als Rechtsbeistand von nun an zur Seite gestellt wurde.

06.07.1944

Am Morgen wurde ich schweißgebadet wach und
sofort stiegen die schrecklichen Erinnerungen der
Nacht in mir auf. Klaras Schreie und ihr Stöhnen
hallten noch nach und ich meinte, sie immer noch
hören zu können. Ich sprang aus meinem Bett, um
nach ihr zu sehen. Ihre Tür war abgeschlossen, und
ich wusste noch nicht einmal, ob dieses von innen
oder von außen geschehen war. Ich rannte nach
unten in die Küche und sah Mama, die bitterlich
weinte. Ohne Umschweife fragte ich nach Klara.
Meine Stimme überschlug sich dabei. Ich zitterte am
ganzen Körper und hatte noch niemals solche Angst.
Mama nahm mich kaum wahr und sagte, dass es jetzt
vorbei sei und Klara bald gesund wäre. Ihre Worte
und ihre Gesten und das Weinen stimmten dabei
überhaupt nicht überein. Meine Schwester bräuchte
jetzt aber ganz viel Ruhe, und ich solle sie nicht
stören. Bald könne ich zu ihr, versuchte sie mich zu
beruhigen. Es war das erste Mal, dass ich meine
Mutter angeschrien habe und sagte: „Ich will jetzt
sofort zu Klara! Ich muss wissen, wie es ihr geht.
Sofort! Verstehst du!". Meine Mutter war einen
Moment tatsächlich sprachlos und anstatt, dass sie
mich nun tadeln würde, nickte sie in meine Richtung

und sprach: „Aber nur ganz kurz. Klara schläft bestimmt, wecke sie auf keinen Fall auf, hörst du!"

„Ganz bestimmt nicht, Mama", versprach ich.

Dann stiegen wir gemeinsam die Treppe empor. Mama schloss Klaras Tür, und ich sah sie in ihrem Bett liegen. Ein erbarmungswürdiges Mädchen lag zusammengekauert darin. Klaras Haare waren zerzaust und ihre Gesichtszüge waren, obwohl sie zu schlafen schien, schmerzverzerrt. Mir schossen bei diesem Anblick sofort die Tränen in die Augen. Ich trat ans Bett und streichelt über die verschwitzte und fiebrige Stirn. Klaras Leib und ihre Seele waren gebrochen; da war ich mir ganz sicher. Egal, was Mama immer wieder behaupten würde, ich konnte mir nicht vorstellen, dass Klara wieder gesund werden würde. Mit tränenerstickter Stimme brachte ich nur einen Satz über meine Lippen, den ich in Klaras Richtung flüsterte: „Klara, meine geliebte Schwester, ich liebe dich über alles. Bitte verlass mich nicht!" Dann lief ich aus ihrem Zimmer, rannte in meines, schloss die Tür von innen zu und weinte so lange, bis alle meine Tränen versiegt waren.

(13)

Der Richter hatte entschieden, dass keine Untersuchungshaft anzuordnen sei, denn es fehlte noch das Ergebnis der Obduktion und die Auswertung aller Fingerspuren, sodass zugunsten des Beschuldigten noch von natürlichem Tod der Luise Remmers ausgegangen werden muss. Außerdem besaß Peter Becker einen festen Wohnsitz und die familiäre Bindung war so groß, dass man keine Fluchtgefahr darauf begründen konnte. Aufgrund des Schmuckfundes wurde auch die Verdunklungsgefahr verneint und da das mit der Fluchtgefahr die Hauptgründe für eine Inhaftierung waren und diese verneint wurden, verließ Becker, nachdem er das Protokoll unterschrieben hatte, das Revier und war zunächst ein freier Mann auf Raten. Ein weiterer Haftgrund, der in der Schwere der Tat zu begründen sei, wurde ebenfalls verneint, weil der Diebstahl als Delikt dazu nicht ausreichte. Für eine Tötung der Luise Remmers durch Becker lagen nicht genug Beweise vor. Die Spurensicherung hatte eine Menge von Beckers Fingerspuren an und in der Anrichte gefunden. An Frau Remmers Bett fand man verschiedene Fingerspuren, die man noch mit Becker und mit dem Pflegepersonal abgleichen wollte.

Jonas und Sabine hatten ihren freien Tag und waren froh darüber. Dennoch hatte sich Beckers Festnahme wie ein Lauffeuer im Heim herumgesprochen und natürlich hatte man auch sie über WhatsApp in Kenntnis darüber gesetzt. Das war der Skandal des Jahres! So richtig verwundert waren weder Sabine noch Jonas über die Festnahme Beckers und dass man ihn wieder frei gelassen hatte, hatte bestimmt auch seine Richtigkeit. Würde man Becker den Diebstahl nachweisen, war es das Ende für ihn im Heim, dachte Jonas und empfand wenig Mitleid mit Becker bei dem Gedanken einer bevorstehenden Entlassung. Ob Sabine wohl auch so denkt, fragte er sich, kam aber zum Schluss, dass sie eher Mitgefühl mit der Kröte haben würde als er. Allerdings hatte sie als Mitarbeiterin des Sozialen Dienstes im Gegensatz zu ihm auch nicht so viel mit Becker zu tun. Becker war Jonas Chef, dass war zwar auch der Chef der Engelhardt, aber die stand wenigstens zwischen Sabine und Becker. Mag die Engelhardt auch noch so anstrengend sein; vor dem Becker hatte sie keine Angst. Im Gegenteil, Jonas glaubte, dass Becker froh war, wenn er nicht in die Fänge der Konstanze Engelhardt geriet. Sie konnte mit ihrer nervtötenden Art alle zur Weißglut bringen, bekam aber im Prinzip immer ihren Willen. Dahingehend fand er ihre Beharrlichkeit bemerkenswert. Fast hätte er sie mit dem stetigen Tropfen, der jeden Stein aushöhlt, verglichen. Aber eben nur fast, denn das Wasser war ja neutraler Natur. Er merkte, dass er bei einigen Kollegen langsam weich wurde, und ihnen auch den größten Blödsinn verzieh. Hannes Wader hatte einmal in einem Lied sinniert, da baut jemand sein ganzes Leben lang Scheiße und erwartet den Dank für sein Lebenswerk. Jonas wusste nicht genau, ob er den Inhalt des Liedes einwandfrei wiedergegeben hatte, war sich aber sicher, dass er den Sinngehalt getroffen hatte.

Dann klingelte sein Handy.

08.07.1944

Ich bin zehn Jahre alt und mein Leben liegt jetzt schon zerstört vor mir. Ich weiß nicht, wie es weitergehen soll. Meine Seele wird von einem schwarzen, schweren Mantel umhüllt, der kein Licht durchdringen und sie frieren lässt. Mein Lachen ist für immer erstarrt und das Glück liegt wie eine verdorrte Pflanze vor mir. Meine Fröhlichkeit und mein Lebensmut sind für immer verflogen und tiefe Traurigkeit hält mich gefangen und wird mich niemals mehr loslassen. Warum um alles, lieber Gott, hältst du nicht wenigstens die Erde für einen Augenblick an? Wenigstens doch für einen kurzen Moment, der jedem bewusst werden lässt, dass alles sinnlos ist. Wo ist der Anfang und wo ist das Ende? Wer kann mir all das Leid auf diesem Planeten erklären? Welchen Sinn hat das Leben und wer will uns leiden sehen? Nur Fragen und keine einzige Antwort darauf.

Liebes Tagebuch, ich ende mit diesen niederschmetternden Worten und verfluche das Leben und all diejenigen, die für das Leiden im Leben verantwortlich sind.

Ich, Luise Remmers, habe meine geliebte Schwester Klara für immer verloren. Sie ist heute gestorben und obwohl ich noch da bin, bin ich mit ihr gestorben.

(14)

Jonas nahm sein klingelndes Handy aus der Hosentasche, schaute auf das Display und erkannte, dass Renate Kern ihn anrief. „Hallo Frau Kern, ich freue mich, dass Sie mich anrufen. Was kann ich für sie tun?", fragte er.

Renate Kern war dankbar, dass Jonas abgenommen hatte und sprach: „Herr Kaufmann, ich hoffe, ich störe sie nicht. Sie haben ja gesagt, dass ich sie anrufen dürfe, wenn sich etwas Neues ergeben hat. Ich habe vor einigen Minuten einen merkwürdigen Anruf erhalten. Am anderen Ende meldete sich Herr Ohlsen und stellte sich als Leiter der Seniorenresidenz „Lindenblüte" vor. Das fand ich schon eigenartig, nicht dass mir Herrn Ohlsens Telefonstimme bekannt ist, aber dass der sich noch weiter vorstellen muss, ist wirklich nicht notwendig, denn ich kann den Namen schon noch zuordnen. Allerdings schürte diese umfangreiche Vorstellung meinen Argwohn. Natürlich wusste ich von zahlreichen Besuchen im Heim, dass Herr Ohlsen die Einrichtung leitet. Außerdem sind wir uns immer mal im Heim begegnet und haben uns ausgetauscht. Vielleicht bin ich in diesen Belangen aber auch zu misstrauisch. Jedenfalls kam Ohlsen sofort zur Sache und fragte mich, ob ich im Besitz eines Tagebuches, das Luise gehört, bin. Jetzt war ich schon wieder verwundert, weder Luise, so sagte sie es mir jedenfalls, noch ich habe jemals über die Existenz eines Tagebuches mit Herrn Ohlsen gesprochen. Nun ja, ich habe gesagt, dass es dieses Buch gibt. Allerdings bewahre ich es nicht zu Hause auf. Daraufhin bat er mich, das Buch zu beschaffen und ihm am heutigen Abend auszuhändigen. Das Tagebuch gehöre zur Erbmasse, und er wäre dem Nachlassgericht gegenüber verpflichtet, Luises gesamten Besitz aufzulisten und für mögliche Erben jederzeit bereithalten zu müssen. Weiterhin sei man auf der Suche nach einem Testament, da es bisher keinen verwandtschaftlich verbundenen Erben gäbe. Herr Ohlsen will um zwanzig Uhr bei mir sein. Ich habe dem spontan zugestimmt. Hoffentlich war das kein Fehler. Herr Kaufmann, was mache ich denn jetzt?"

Jonas dachte nach und antwortete spontan: „Ich glaube, dass es besser ist, das Tagebuch aus dem Schließfach der Sparkasse abzuholen. Mein spontaner Vorschlag ist, dass Frau Siegmann und ich sie vor dem Eintreffen des Herrn Ohlsen in ihrem Haus aufsuchen. Wir sollten uns gemeinsam dann das Tagebuch anschauen und lesen, was darin geschrieben wurde, meinen sie nicht auch? Und dann überlegen wir uns, wie wir uns weiter verhalten." Jonas überlegte, ob er nicht zu forsch geantwortet hätte, denn im Prinzip forderte er Renate Kern mit seiner Einlassung dazu auf, dass Sabine und er das Tagebuch lesen sollten. Schließlich schien der Inhalt bisher, außer der Verfasserin, keinem anderen bekannt zu sein und wurde sehr vertraulich behandelt. Letztlich waren sie für Frau Kern immer noch Außenstehende.

„Ich weiß nicht, ob wir das dürfen. Wir können aber auch Luise nicht mehr danach fragen. Ich glaube, dass sie es unter diesen Umständen sicherlich gewollt hätte. Allerdings müssen wir vorsichtig sein, weil das Buch durch ein Schloss gesichert ist. Das müssen wir erst aufbrechen", konstatierte sie.

Jonas erklärte: „Frau Kern, das stimmt. Dennoch nehme ich an, dass das Schloss wohl doch erst nachträglich angebracht wurde, und wenn wir es vorsichtig entfernen, verbleibt ja noch die Originalbeschaffenheit des Buches. Ich bringe einen Seitenschneider mit und sie können sicher sein, dass das Buch beim Öffnen nicht beschädigt wird. Außerdem möchte ich mich bei ihnen für das Vertrauen bedanken. Ich schlage vor, dass Frau Siegmann und ich gegen achtzehn Uhr bei ihnen sind, denn dann haben wir noch zwei Stunden Zeit,

um uns auf den Besuch des Herrn Ohlsen
vorzubereiten. Ist ihnen das so recht?"

Frau Kern sagte zu und Jonas hatte jetzt genug Zeit
für eigene Überlegungen. Woher weiß Ohlsen von
der Existenz des Tagebuches? Die Antwort gab er
sich selbst. Sabine hatte davon berichtet, dass jedes
Erstgespräch protokolliert wird. Er meinte sich daran
erinnern zu können, dass Luise Remmers in ihren
Aufzeichnungen, die auch als Grundlage der
Biografie dienten, auch das Tagebuch erwähnt hatte.
Allerdings war es ihm neu, dass sich ein Heimleiter
für die Biografien, die persönlichen Aufzeichnungen
und Protokolle der Erstgespräche der Bewohner
interessiert. Und wenn doch, was hat sein Interesse
ausgerechnet im Falle der Luise Remmers geweckt?
Vielleicht war der schöne Viktor aber auch der, der
sie im Zimmer des Sozialen Dienstes belauscht hatte.
Die Silhouette, die Jonas vor kurzem
wahrgenommen hatte, passte zum Erscheinungsbild
des Heimleiters. Jonas stellte sich weiterhin die
Frage, ob er nicht die Polizei informieren müsste.
Sabine und er wurden eindringlich aufgefordert,
keine weiteren eigenen Ermittlungen durchzuführen,
das hatte er kapiert. Dann sagte er sich aber, dass
sich die Polizei ja zunächst nicht für Luises Tagebuch
interessiert gezeigt hätte. Er wusste, dass man Becker

mit zur Wache genommen hatte. Also musste die
Kröte der Topfavorit in Sachen Diebstahl sein.
Wenn man dann feststellen sollte, dass Luise zudem
umgebracht worden ist, dann käme man auch
diesbezüglich nicht an der Personalie Becker vorbei.
Warum sollte Becker Luise leben gelassen haben,
denn sie würde doch später den Verlust ihres
Schmuckes bemerken und dieses zur Anzeige
bringen. Außerdem war es auch nicht
auszuschließen, dass Luise bei Beckers
Heimsuchung wach geworden sein könnte. Ein
Grund mehr dafür, sie spontan zu töten. Das, was
Sabine und er jetzt machen würden, hätte mit den
polizeilichen Ermittlungen eigentlich nichts zu tun, so
versuchte Jonas sich zu beruhigen. Zusätzlich standen
sie ja im Versprechen, Renate Kern dann zu helfen,
wenn sie sich bei ihnen melden würde und um ihre
Hilfe bat. Und das hat sie gerade getan. Also hatte
alles seine Richtigkeit, sodass sie weitermachen
durften.

Jonas rief Sabine an und schilderte ihr von seinem
Gespräch mit Renate Kern. Sabine bestätigte, dass
das Tagebuch zwar nicht explizit im Protokoll des
Erstgespräches, aber in den persönlich schriftlich
vorliegenden Schilderungen, erwähnt wurde.
Ebenfalls wurde dort die Bedeutung des Tagebuches

durch das dreimal unterstrichene Wort „wichtig" von ihr gekennzeichnet. Sabine war mit der von Jonas skizzierten weitergehenden Verfahrensweise einverstanden und teilte seine Einschätzung, dass es nicht notwendig sei, die Polizei über ihre Aktivitäten zu informieren. Sie ahnte vermutlich genauso wie Jonas, dass es, sofern sie die Polizei von ihren Planungen in Kenntnis setzen würde, ihnen verboten werden würde, Frau Kern für diesen Anlass zu besuchen. Man verabredete, sich um viertel vor achtzehn Uhr vor Renate Kerns Haus zu treffen.

Kriminalhauptkommissar Schindler betrat sein Büro und fand auf seinem Schreibtisch eine Mappe vor, die das Ergebnis der Leichenschau der Luise Remmers zum Inhalt hatte. Erstellt wurde dieses durch das zuständige Institut für Rechtsmedizin. Darin stand zu lesen, dass man im Mundraum und in den Atemwegen Faserspuren entdeckt hatte, die eindeutig vom Kopfkissen, das man bei Luise Remmers auf dem Bett vorgefunden hatte, stammten. Außerdem sei Frau Remmers einem Erstickungstod erlegen. Das war der eindeutige Beweis dafür, dass natürlicher Tod, den der Arzt Waldheim diagnostiziert hatte, auszuschließen war, sodass von einem Tötungsdelikt zwingend ausgegangen werden musste. Der erste Gedanke, den

Schindler nach dem Studium des Obduktionsberichtes hatte, war, dass es nun eng um Peter Becker und seine Freiheit werden könnte. Er hatte sich schon gedanklich mit der Ausformulierung des Antrages für die Erlassung eines Haftbefehls befasst und wollte diesen jetzt schriftlich fixieren. Nach seiner Vermutung hatte Becker nicht nur den Diebstahl begangen, sondern zur Verdeckung dieser Tat, Frau Remmers in ihrem Bett erstickt. Käme dieses Mordmerkmal nicht zum Tragen, gäbe es immer noch die Variante, dass Heimtücke vorliegt, da Becker Frau Remmers bei seinem Besuch schlafend vorgefunden hatte; sie war also arg- und wehrlos. Hierbei handelte es sich um ein weiteres Mordmerkmal. Alles in allem ist aber auch die Schwere der Tat als Haftgrund maßgeblich vorhanden, unabhängig davon, über welche sozialen Bindungen Becker auch immer verfügte, auch wenn diese eigentlich einer Fluchtgefahr entgegenstanden. Da würde jeder Richter der Welt bei der Bestätigung der Untersuchungshaft mitspielen, und so setzte er den entsprechenden für Becker belastenden Antrag auf. Schindler schickte seinen Antrag dem Gericht zu und befasste sich danach mit dem Bericht der festgestellten Spuren am Tatort. Der Abgleich der Fingerabdrücke ergab zwar, dass Becker die Flächen der Anrichten berührt hatte, es fehlten aber seine

Fingerspuren am Bett. Gerade die glatten Seitenteile des Bettes waren optimal, um die Fingerspuren zu sichern. Man hatte einige gefunden und konnte diese auch dem Pflegepersonal zuordnen. Beckers Fingerabdrücke befanden sich jedoch nicht dort. Dafür fand man welche, die dem Pflegepersonal nicht gehörten. Hierfür gibt es mehrere Möglichkeiten, so kombinierte Schindler still vor sich hin. Die unbekannten Spuren könnten einem der Bewohner oder aber einem Besucher gehören. Allerdings wäre es auch theoretisch möglich, dass der Heimleiter Luises Bett angefasst hatte. Schindler glaubte allerdings, dass das nebensächlich sei, da Becker beim Ersticken praktisch nur das Kissen in der Hand gehabt haben konnte. Es gab ja keinen Grund dafür, die Seitenwände berühren zu müssen. Dennoch wollte Schindler feststellen lassen, wie oft die Seitenteile der Betten gereinigt werden und wann das das letzte Mal geschehen sei. Große Bedeutung kommt dieser Nachfrage nicht mehr zu. Eigentlich war der Fall für ihn abgeschlossen. Der Richter hatte die Untersuchungshaft für Becker angeordnet. Man hatte Becker vorher festgenommen und zwecks richterlicher Verkündung des Haftbefehls dem Gericht zugeführt. Von dort aus wurde Peter Becker dann direkt der Justizvollzugsanstalt zum Haftantritt gebracht.

Der Fall schien damit abgeschlossen zu sein.

Sabine und Jonas standen pünktlich um achtzehn Uhr vor Renate Kerns Haus und klingelten. Frau Kern öffnete ihnen, und man sah ihr sofort die Freude und Erleichterung an. Beide wurden in das Wohnzimmer geführt und nachdem sie das Angebot eines Glas Wassers angenommen hatten, kehrte Renate Kern kurz darauf mit einer gefüllten Glaskaraffe und zwei Gläsern aus der Küche ins Wohnzimmer zurück.

„So liebe Frau Kern, bevor wir jetzt mit dem Lesen des Tagebuches beginnen, hat sich noch jemand wegen des Buches bei ihnen gemeldet?", fragte Jonas. Frau Kern verneinte seine Frage und zeigte ihnen das Tagebuch der Luise Remmers. Es war in Leder eingebunden und mit einem kleinen Schloss versehen. Das Leder des Buches war ein wenig abgenutzt, aber alles in allem befand sich das Tagebuch noch in einem ordentlichen Zustand. Jonas gelang es, das Schloss mittels mitgebrachtem Seitenschneider zu entfernen, ohne dabei das Tagebuch zu beschädigen. Er schlug vor, dass er aus dem Buch laut vorliest, um alle auf den gleichen Wissensstand zu bringen, denn wenn jeder der hier Anwesenden es reihum lesen würde, würde die Zeit bis zum Erscheinen des Herrn Ohlsen in zwei

Stunden nicht ausreichen. Letztlich müsste jeder von ihnen wissen, was Luise geschrieben hatte. Renate Kern und Sabine waren mit der vorgeschlagenen Verfahrensweise einverstanden und so begann Jonas laut vernehmlich vorzulesen. Nach eineinhalb Stunden war er fertig, blickte auf und sah die Tränen in Sabines und Renates Gesicht. Es entstand eine Pause und dann fing Renate an zu reden: „Es ist einfach unfassbar, was Luise aushalten musste. Sie hat bis zu ihrem Lebensende den Tod ihrer Schwester nicht verkraftet. Der letzte Abschnitt in ihrem Buch ging mir besonders nahe. Jetzt erklären sich auch ihre depressiven Phasen und die Schwermut, die sie umgab. Das waren damals schon verrückte Zeiten, die die Menschen so geprägt hatten. Der verlorene Krieg hatte ihnen alle Illusionen, all ihr Hab und Gut genommen und vor allem, den Kindern ihre Kindheit und die Unbeschwertheit. Krieg ist eben das größtmögliche Trauma der Menschheit und durch nichts zu rechtfertigen. Es war wirklich so, dass man geächtet wurde, wenn man als junges Mädchen schwanger und nicht verheiratet war. Die Engelmacherinnen, die man dann aufsuchte und die dilettantisch Schwangerschaftsabbrüche vornahmen, waren allesamt nicht ausgebildet und vertrauten Praktiken, die allenfalls im Mittelalter stattgefunden hatten.

Viele von diesen Behandlungen endeten für die betroffenen Mädchen und Frauen tödlich. Die Engelmacherinnen blieben stets unbehelligt, denn niemand konnte sie belangen, ohne die Umstände schildern zu müssen, warum ihre grausamen Dienstleistungen benötigt wurden. Ich glaube auch, dass Luise mit ihrer Mutter nicht nur wegen des Krieges schließlich nach Siekhausen gezogen war, sondern vorwiegend auch, weil sie den Menschen der Stadt, ihrem Haus und vor allem Klaras Zimmer entfliehen wollte, das sie immer an diesen schwarzen achten Juli erinnern würde."

Es stellte sich wieder eine Phase der Ruhe ein, in der die Betroffenheit greifbar wurde. Doch dann begann Sabine analytisch zu werden und fragte in die Runde: „Ich verstehe bei allem aber nicht, warum Ohlsen unbedingt das Tagebuch haben will. Das Buch hat doch gar keinen Bezug zu ihm, oder will er es tatsächlich nur in seinem Besitz wissen, um das Erbe zu komplettieren. Das wäre die einfachste Erklärung dafür, an die ich aber am wenigsten glaube." Renate und Jonas pflichteten ihr bei und waren gleichermaßen gespannt, ob und wenn, was Ohlsen zu seiner Motivation vorzubringen hätte. Sie verabredeten, dass Renate Kern Herrn Viktor Ohlsen alleine empfangen sollte und dass Sabine und

Jonas im Nebenzimmer verblieben, dessen Tür zum Wohnzimmer allerdings geöffnet blieb, damit sie jedes Wort des Gespräches zwischen Renate und Ohlsen mithören konnten. Außerdem könnten sie Renate zu Hilfe eilen, wenn Ohlsen handgreiflich werden würde. Jonas nahm sich vor, sein Handy so einzurichten, dass es die gesamte Zeit aufzeichnete. Dazu versteckte er es im Wohnzimmer, mit dem Nachteil, keinen direkten, unbemerkten Zugriff darauf zu haben. Glücklicherweise hatte Sabine ihr Handy mitgenommen, mit dem sie, sollte die Situation eskalieren, Hilfe holen konnte. Ganz wichtig war, dass Ohlsen ins Wohnzimmer gelockt würde. Eine Übergabe des Buches direkt an der Haustür musste in jedem Fall vermieden werden. Renate versteckte das Tagebuch in ihrem Bücherregal hinter einigen anderen Büchern. Jonas sagte: „Es ist kurz vor zwanzig Uhr. Ohlsen wird hier sicherlich gleich erscheinen. Frau Kern, fühlen sich der Konfrontation mit Ohlsen gewachsen? Das wird vielleicht nicht ganz einfach, aber sie können sich sicher sein, dass wir in ihrer Nähe sind und sie unterstützen, sollte es notwendig sein."

Frau Kern antwortete: „Ich habe schon so viel erlebt, und bin mir sicher, dass ich mit Herrn Ohlsen umzugehen weiß. Letztlich wissen wir noch nicht einmal, ob er böse Absichten hat. Vielleicht hat sein Auftauchen hier eine ganz banale Erklärung und wir tun ihm Unrecht. Außerdem ist meine Neugier jetzt stärker als meine Angst."

Dann klingelte es an Renate Kerns Haustür. Jonas und Sabine bezogen ihre Stellung im Nachbarzimmer und Frau Kern verließ das Wohnzimmer, um die Tür zu öffnen. Ihr Herz klopfte bis zum Hals. Sabine und Jonas konnten aus ihrem Versteck nicht hören, was an der Eingangstür gesprochen wurde, hofften aber inständig, dass es Renate gelänge, Ohlsen in ihr Wohnzimmer zu lotsen. Dann sahen sie, dass Renate Kern ihr Wohnzimmer betrat. Gefolgt wurde sie von einem Mann, der mittelgroß war, einen dunklen Mantel und einen breitkrempigen Hut trug, der sein gesamtes Gesicht verbarg. Aus ihrem Versteck vermochten sie nur gut die Hälfte des Wohnzimmers einzusehen und ausgerechnet im nicht einzusehenden Teil befand sich der Mann und bewegte sich offenbar nicht vom Fleck. Renate Kern gab sich freundlich und wollte in jedem Fall souverän auf den Mann wirken und sprach: „Herr Ohlsen, ich freue mich, dass Sie mein bescheidenes Haus besuchen. Bitte setzen Sie sich. Was kann ich ihnen zu trinken anbieten? Wie sieht es aus mit einem Likörchen?

Und nach dem wir angestoßen haben, erklären Sie mir bitte, was Sie zu mir führt."

„Liebe Frau Kern, ich bin eigentlich nur kurz vorbeigekommen, um das Tagebuch abzuholen. Ich bin ein wenig unter Zeitdruck", ließ der Mann verlauten.

„Dann legen sie doch bitte ab und die Zeit für einen Likör werden sie auch noch haben. Tun sie einer alten Dame den Gefallen", blieb Renate beharrlich.

Jonas dachte, Frau Kern macht ihre Sache offensichtlich ganz vorzüglich. Die Stimmfarbe passt jedoch so gar nicht zu Ohlsen. So ein Mist, dass er sich nicht in unserem Blickfeld befindet. Sabine flüsterte ihm ins Ohr: „Das ist nicht Ohlsen. Der spricht ganz anders. Die Stimme des Heimleiters ist eher nasaler Natur, während der Gast eine viel tiefere Stimme hat. Aber wenn es nicht Ohlsen ist, wer ist es dann?"

„Na gut", sagte der Gast: „Sie geben ja doch keine Ruhe und bei der Kälte draußen ist ein Likör auch nicht das Schlechteste."

Renate Kern lief durch das Sichtfeld der Beobachtenden und verließ das Wohnzimmer, um bestimmt den Likör und die dazu passenden Gläser zu besorgen. Sabine und Jonas hätten jetzt zu gerne gewusst, was der Mann gerade macht und ob er Renates Abwesenheit dazu nutzt, um sich nach dem Tagebuch umzuschauen. Jonas glaubte, das Aufziehen einer Schublade zu hören, war sich dessen aber nicht ganz sicher. Renate Kern kam bald darauf zurück und sprach zum Gast: „Ist es hier so kalt, oder warum behalten sie ihren Hut und ihren Mantel an. Legen sie ab; das kostet nichts mehr."

„Nun gut", erwiderte der Mann: „Wenn es der Wahrheitsfindung dient, lege ich ab. Allerdings scheinen sie mich zu verwechseln und glauben, ich sei Herr Ohlsen. Hat ihnen Herr Ohlsen nicht angekündigt, dass er einen Boten beauftragt hat, das Buch abzuholen."

Es entstand eine kleine Pause, in der der Mann sich offensichtlich von Mantel und Hut entledigte, denn Sabine und Jonas hörten, dass die Kleidungsstücke auf einen Stuhl gelegt wurden. Der Mann fragte: „Und erkennen sie mich ohne Hut und Mantel?" Zwischenzeitlich musste er sein gefülltes Glas ergriffen haben und führte weiter fort: „Vielen Dank. Der Kirschlikör schmeckt lecker. Sagen sie mal, bewohnen sie dieses große Haus eigentlich alleine? Zumindest habe ich nur ihren Namen am Klingelschild gelesen."

Renate Kern tat verwundert: „Ehrlich gesagt, ich kann mich nicht genau erinnern, sie schon mal gesehen zu haben. Das liegt bestimmt an meinem schlechten Personengedächtnis. Außerdem muss ich zugeben, dass meine Augen nicht mehr so gut sind. Seit einiger Zeit sehe ich alles leicht verschwommen. Ansonsten stimmt es, ich lebe alleine und bekomme ganz selten Besuch und wenn ich im Moment außer ihnen Gäste hätte, würden sie die sicherlich sehen. Ich bringe die mich besuchenden Menschen selten im Keller unter. Dafür dürfte ja wohl nur das Wohnzimmer infrage kommen, meinen sie nicht auch? Wenig Gesellschaft zu haben, ist auch einer der Preise des Alters. Altwerden ist eben nichts für Feiglinge. Es wäre allerdings nett, wenn sie sich vorstellen könnten."

„Aber sicher, entschuldigen Sie bitte mein Versäumnis. Mein Name ist Konrad Meyer und ich bin ebenfalls im Heim beschäftigt. Das allerdings mehr in der Logistik, also eher hinter als vor den Kulissen. Von daher werden wir uns auch wohl kaum im Heim schon einmal begegnet sein", so die Worte des Gastes.

Jonas dachte, dass darf doch wohl nicht wahr sein. Renate sieht schlecht und hat uns nichts davon berichtet. Sie wird doch wohl eine Brille haben, obwohl ich keine in ihrem Wohnzimmer gesehen habe. Leise flüsternd fragte er Sabine: "Kennst du einen Konrad Meyer?" „Nein!", antwortete sie: „der lügt doch und hat sich den Namen ausgedacht, als er sich sicher sein konnte, dass Renate ihn nicht erkannt hatte. Ganz sicher war er froh darüber, dass Renate dann auch noch zugegeben hat, schlechte Augen zu besitzen. Letztlich finde ich aber, dass sie ihre Sache ganz gut macht. Selbst wenn wir die Identität des Mannes nicht herausfinden. Immerhin hat er das Likörglas angefasst. Ich bin mir sicher, dass er keine Handschuhe trägt. Somit haben wir wenigstens seine Fingerabdrücke. Mir ist trotzdem ganz mulmig zumute." „Wir können die Maskerade auffliegen lassen. Aber dann wissen wir lediglich, dass der Mann bezüglich seiner Identität gelogen hat. Das ist nicht strafbar. Wir müssen warten und hoffen, dass uns die Situation nicht entgleitet, aber noch mehr erfahren. Ich will wissen, warum er das Tagebuch haben will", ergänzte Jonas. Sabine entgegnete darauf: „Ich kenne die Stimme, aber ich kann sie im Moment nicht zuordnen. Das ist echt schlecht, dass wir den Typen nicht sehen können. Es zu gefährlich, die Tür weiter zu öffnen, denn wenn der das bemerkt, sind wir aufgeflogen. Ich bin auch dafür, dass wir weiter abwarten." Dann schwiegen sie, um die weitere Unterhaltung belauschen zu können.

„So, Frau Kern, kommen wir jetzt auf das Tagebuch zu sprechen. Geben Sie es mir bitte und dann mache ich mich auf den Weg und werde sie nicht länger belästigen", sprach der Gast.

„Lieber Herr Meyer, sie belästigen mich doch gar nicht. Ich bin so froh, endlich mal besucht zu werden und ein wenig zu plaudern. Darf es noch ein Gläschen sein?", säuselte Renate. „Nein, danke, das reicht für heute Abend. Nun gut, wo liegt denn jetzt das Buch?", wurde der Gast energischer. „Aber Herr Meyer, sind sie denn mit dem Auto da?", versuchte Renate zu beschwichtigen, um Herrn Meyer zum Bleiben zu überreden. „Nein, nicht, dass ich wüsste; ich bin zu Fuß, aber ich möchte jetzt weder einen weiteren Likör, noch irgendein ein weiteres, sonstiges Getränk", antwortete der Mann. Renate bohrte weiter, denn ihre anfängliche Angst hatte sich in Entschlossenheit gewandelt: „Ich hole das Buch, wenn sie mir sagen, was sie damit wollen und warum es so wichtig für sie ist, es zu besitzen?"

Der Mann wurde etwas sanfter und sprach: „Frau Kern, Herr Ohlsen hat ihnen doch bestimmt mitgeteilt, dass das Buch zur Erbmasse gehört. Ich bin zwar kein Erbe, habe aber Herrn Ohlsen zugesichert, alles, was Frau Remmers gehört hat, zusammenzutragen, verstehen sie mein Ansinnen jetzt? Zu dem Begriff „Alles" gehört eben auch ihr Tagebuch dazu oder meinen sie nicht?" „Das überzeugt mich nicht, denn Luise Remmers hat mir das Buch zur Aufbewahrung übergeben, und ich meine mich erinnern zu können, dass sie es mir als Anerkennung für unsere jahrelange Freundschaft geschenkt hat. Das Buch stellt im Übrigen keinen materiellen Wert dar und ist somit für das Erbe völlig unerheblich. Also raus mit der Sprache, warum wollen sie es haben?", fügte Renate hinzu, obwohl ihr nicht gut war, als sie den letzten Teil ausgesprochen hatte. Abgeklärt sah sie Herrn Meyer an und wartete nun auf seine Reaktion.

Die Reaktion des Herrn Meyer ließ nicht lange auf sich warten: „Ich kann mir das Tagebuch auch einfach nehmen, also quasi beschlagnahmen, ob sie indessen das gut finden oder nicht. Als Sachverständiger bin ich nämlich dazu befugt." „Sie wollen mich wohl veräppeln: „Erbsachverständige" diese Bezeichnung gibt es doch gar nicht. Beschlagnahmen dürfen weiterhin nur Polizisten. Und sollten sie Polizist sein, dann können sie sich sicher ausweisen."

Sabine flüsterte zu Jonas: „Renate spielt ein gefährliches Spiel. Ich befürchte, der flippt gleich aus und was dann?", verlieh sie ihren Bedenken

Ausdruck. „Ja, die Gefahr ist da, aber lass uns noch einen Moment warten, denn ich glaube, der Meyer kommt gleich mit der Antwort, warum ihm das Buch so wichtig ist", versuchte Jonas zu beschwichtigen, obwohl die Anspannung in ihm hochstieg und er sich fragte, wenn der Typ Renate körperlich angeht und vor allem, wäre er stark genug, ihn davon abzuhalten. Sabine war vielleicht eine Hilfe, aber Renate wäre eher hinderlich, wenn es gleich zur Sache gehen würde. Jonas sah sich um; Sabine hatte sich offensichtlich von ihm unbemerkt aus dem Nebenraum geschlichen und war verschwunden. „Wo ist die und was hat die vor? Sabine muss doch jetzt nicht zur Toilette. Dafür gab es kaum einen schlechteren Zeitpunkt!", fragte sich Jonas. Insgeheim machte sich er auf einen körperlichen Kampf mit dem Meyer gefasst und sagte zu sich: „Ich weiß noch nicht einmal, ob ich dem Typen gewachsen bin. Jetzt ist auch Sabine nicht da und wenn Renate bei dem Gefecht fällt und sich den Oberschenkel bricht, haben wir das auch noch auf dem Gewissen." Aus seiner Erfahrung als Altenpfleger wusste er, dass ein Oberschenkelhalsbruch oft nachträglich zum Tod führen konnte. Der Typ ist zwar nicht riesengroß, aber wirklich gesehen habe ihn ja auch nicht. Ganz schwierig wird es für mich, wenn der auch noch bewaffnet ist. Wo ist bloß Sabine geblieben? Immer, wenn man die Frauen braucht, sind sie nicht da. Mir wäre sehr viel wohler, wenn wir doch die Polizei eingeschaltet hätten. Niemand weiß im Prinzip, dass wir in Renate Kerns Haus sind. Auswärtige Hilfe wird also nicht so plötzlich erscheinen ". Jonas harrte in seinem Versteck weiter aus und lauschte dem Gespräch, das jetzt wohl dem Höhepunkt nahezukommen schien. Er hoffte inständig, dass ihm eine Prügelei mit ungewissem Ausgang erspart bleibt.

„Also gut Frau Kern, dann erzähle ich ihnen mal, warum das Buch für mich so wichtig ist, und wenn ich damit fertig bin, dann werden sie wissen, dass es für sie keine Alternative dafür gibt, als mir das Buch zu überreichen. Und sollten sie jetzt noch keine Angst verspüren, danach werden sie wissen, wenn ich fertig bin, was es bedeutet, Angst zu haben. Sie werden erkennen, dass ich skrupellos sein kann, der das verteidigt, was er sich so mühevoll ein ganzes Leben lang aufgebaut hat. Und das Schönste ist, dass sie mit ihrem Wissen nichts anfangen können, denn es fehlen ihnen jegliche Beweismittel, sodass nur das dumme Geschwafel einer senilen alten Frau bleiben wird. Sie sagten ja, sie wohnen alleine, sind jetzt dementsprechend ohne Zeugen und da sich meine Reputation in den oberen Sphären befindet, wird man sie für eine Spinnerin halten, die schon lange in ein Seniorenheim, wenn nicht sogar in die Irrenanstalt gehört. Ich kann ihnen diesbezüglich die „Lindenblüte" bestens empfehlen. Gute Pfleger, aber eine korrupte Leitung werden ihnen geboten. Gekürt wird der ganze Salat mit einer Geschäftsführerin, die nichts als die Gewinnmaximierung im Auge hat und an den kleinsten Annehmlichkeiten spart, die den Bewohnern das Leben einigermaßen erträglich machen könnte. Leider habe ich keine Empfehlung für ein Irrenhaus. Jetzt kommen wir aber zum wesentlichen Teil meiner Lebensbeichte", sprach Meyer und dann wartete er auf eine Reaktion von Renate Kern. Renate spürte deutlich, wie ihre Anspannung stieg. Sie wunderte sich über sich selbst. Jeder in ihrer Situation würde der aufkommenden Panik kaum Herr werden können. Sicherlich, sie hatte Angst, aber die Neugier umhüllte den Zustand der Angst und vertrieb diese, auch wenn sie wusste, dass Meyer zu allem fähig wäre. Ganz wichtig war, sich nichts anmerken zu lassen und nach wie vor, möglichst abgeklärt auf Meyer zu wirken. Deshalb schluckte sie kurz. „Herr Meyer, jetzt bin ich aber mal gespannt. Sie wissen, dass ich ihnen in allen Dingen unterlegen sein werde, von daher können sie mir alles berichten, denn in einem haben sie recht; mir wird man nicht glauben. Allerdings kann ich mir beim besten Willen nicht vorstellen, dass ihr richtiger Name Konrad Meyer ist. Fangen wir doch erstmal damit an", forderte Renate ihren Kontrahenten auf, Meyers wahre Identität preiszugeben.

Jonas hatte mal in einem Kriminalroman gelesen, dass Täter im Grunde ihres Herzens anstreben, ihr Verhalten, insbesondere wenn es sich um kriminelle Handlungen dreht, anderen mitteilen zu müssen, auch wenn das fatale Folgen für den Täter haben konnte. Dieses, wenn sich sein Erinnerungsvermögen nicht gerade völlig verabschiedet hatte, geschieht aus dem Grunde von Prahlerei und dem damit verbundenen Stolz, besonders gewieft gewesen zu sein oder aber, weil die seelische Belastung, hervorgerufen durch das böse Tun, ein Ventil der Entlastung, vielleicht sogar der Absolution sucht. Bei dem vermeintlichen Meyer glaubte er, dass die Beichte aus einer Kombination aus beidem erfolgte, den Stolz über das Getane und die gleichzeitig vorliegende Seelenpein, wobei die Unbesiegbarkeit hier deutlich im Vordergrund stand.

Meyer zeigte sich ein wenig überrascht über Renate Kerns analytische Fähigkeiten, die sie auch in der für sie gefährlichen Situation zu bewahren schien. Er hatte vermutet, dass die Kern jetzt zusammenbrechen würde, um ihr Leben bat und ihm, damit er es ihr

ließe, das Tagebuch ohne weitere Erläuterungen
seinerseits aushändigen würde. Das tat sie aber nicht,
und eigentlich war es ihm auch einerlei, da sie ihm
hilflos ausgeliefert war. Außerdem war es ihm ein
Bedürfnis, ihr, die nichts mit ihrem Wissen anfangen
könne, seine Genialität zu präsentieren.

„Frau Kern, ich sehe, sie haben nach wie vor keine
Angst. Das wird sich ändern, glauben sie mir.
Zunächst bitte ich sie um Entschuldigung, mein
Name lautet natürlich nicht Konrad Meyer. Den
Namen habe ich mir spontan ausgedacht, weil ich
gemerkt habe, dass ich ihnen gänzlich unbekannt
bin. Ob das nun an ihrer vorgegebenen Sehschwäche
liegt oder daran, dass sie in ihrem Elfenbeinturm
nichts von ihrer Umwelt wahrzunehmen gedenken,
weiß ich nicht. Darf ich mich nun ihnen vorstellen?
Mein Name ist Heinz Singer. Der Heinz Singer,
Bürgermeister der Stadt Siekhausen, dämmert es
jetzt bei ihnen?", erklärte er, sichtlich genießend, dass
das hier sein Auftritt, und er der Herr aller Pointen
war, während ihr die Rolle seines Publikums zu viel.

Jonas war erleichtert, denn Sabine war
zurückgekehrt. „Mensch, wo warst du? Es spitzt sich
zu. Gleich wissen wir alles", flüsterte er Sabine zu.
„Jetzt bekommt alles langsam einen Sinn. Ich kenne
den Singer. Sein Vater ist bei uns im Heim. Der alte

Singer ist ein wirklicher Stinkstiefel", stellte Sabine fest. „Stimmt, den kenne ich und auch seinen hier anwesenden Sohn", fasste sich Jonas kurz, um ja nichts von der Unterhaltung zu verpassen.

Meyer alias Singer setzte fort: „Ist ihnen eigentlich schon einmal mein liebreizender Vater im Heim begegnet?", fragte er zunächst. Renate antwortete: „Sollte er? Ich kann mich nicht an ihn erinnern. Seit wann wohnt er denn schon in der Seniorenresidenz und was spielt das für eine Rolle? Sicherlich werden sie mir das gleich erklären."

„Natürlich, liebe Frau Kern", fügte Singer sarkastisch hinzu: „Der garstige Alte wohnt seit etwa zwei Monaten dort und das kostenlos. Sie werden sich fragen, warum mein Alter bzw. ich keinen Cent für seine Unterbringung bezahlen müssen und das bei all den zusätzlichen Leistungen, die er im Gegensatz zu den anderen Heimbewohnern genießt. Nicht nur freies Essen und Trinken, sondern auch das Genießen von Alkohol, Pornoprogrammen und die besondere Zuwendung der einen oder anderen Schwester sind sein Metier und an allem kann er sich frei bedienen. Bei den Schwestern muss er allerdings vorsichtig sein, denn die meisten lassen sich nicht betatschen. Nicht, dass es zu Beischlafhandlungen kommen würde, denn dazu ist der Alte nicht mehr fähig, aber gerade die Nachtschwestern sind angehalten, anzügliche, sexistische Bemerkungen sowie das ein oder andere Tätscheln ihres Hintern zu dulden. Das ist die mündliche Vorgabe des ach so tollen Heimleiters, die natürlich nicht schriftlich vorliegt. Wie der Ohlsen das mit der Abrechnung regelt, vermag ich nicht zu sagen. Aber so wie ich den kenne, verbucht er die fehlenden Einnahmen irgendwo anders und spart vielleicht an den Windeln für die übrigen Bewohner. Woher soll ich das wissen? Und wo wir beide hier schon einmal so gemütlich zusammensitzen, will ich ihnen sagen, welche Macht mit meiner Person verbunden ist: Der Ohlsen ist in meiner Hand, weil er, um als Heimleiter eingestellt zu werden, seinen Lebenslauf gefälscht hat. Der kommt zwar aus einer bürgerlichen Familie, hat brav das Abitur absolviert, hat aber im Studium mit Drogen im großen Stil gedealt. Leider haben ihn die Bullen erwischt und der Richter meinte, dass er dafür mal für ein Jahr im Knast zu verschwinden habe. Und genau dieses Jahr der Besinnung fehlt im Lebenslauf, denn mit diesem Makel hätte er noch nicht einmal in der örtlichen Bäckerei eine Stellung als Mehlzerstäuber gefunden. Ich bin der einzige, der von der Lücke in Ohlsens Lebenslauf gewusst hatte, sodass dieses korrupte Schwein mir gegenüber wohlgesonnen sein musste.

Das nenne ich eine Situation, die für beide Parteien förderlich ist. Mein Alter wohnt kostenlos im Heim und Ohlsen behält dafür seinen gut bezahlten Job. Genial, nicht wahr?", erklärte Singer und machte eine Pause, um sich dann doch einen Likör selbst einzuschenken, ohne zu fragen, ob er das überhaupt durfte. Er ging sowieso davon aus, dass er in der jetzigen Situation alles darf. Gerade in den eingeschobenen Redepausen, deren Zeitpunkt und Länge er natürlich bestimmte, genoss er das Gefühl der Allmacht.

Renate nutzte die Unterbrechung des Redeflusses und schob ein: „Herr Singer, das ist alles hochinteressant und Ohlsen ist bestimmt, so wie ich ihn auch wahrgenommen habe, kein Sympathieträger. Die ihm nachgesagte Schönheit liegt auch nur im Auge des Betrachters und zwischen einem Schönen und einem Lackaffen sind die Übergänge fließend. Ich tendiere dahingehend eher zu Zweitem. Aber was hat das Ganze mit dem Tagebuch meiner Freundin zu tun?"

Sabine hatte die ganze Zeit zwar aufmerksam der Unterhaltung zugehört, konnte dabei aber das Gefühl nicht gänzlich abstreifen, dass sie irgendetwas übersehen hatte. Dann fiel es ihr ein: Sie besann sich auf die Biografie, die sie vor zwei Monaten für den alten Singer gefertigt hatte. Darin stand zu lesen, dass Singer kurz nach dem Krieg geheiratet hatte. Seine Frau war wenige Jahre nach der Hochzeit verstorben. Es war ihr merkwürdig vorgekommen, dass so ein „Macho" wie Singer den Namen seiner Frau angenommen hatte. Das war eigentlich zu der Zeit unüblich. Sein eingetragener Geburtsname war Lehmann. Singer ist also jener Karl Lehmann, den Luise in ihrem Tagebuch erwähnt hatte, und der auch für den Tod ihrer Schwester Klara maßgeblich mitverantwortlich war. Jetzt bekam alles einen Sinn, denn Heinz Singer wollte seinen Vater rehabilitieren, denn, wenn im Heim bekannt werden würde, was Lehmann für ein Fiesling gewesen war, so hätten sich die Kollegen ihm gegenüber zukünftig anders und abweisend verhalten. Aber Karl Lehmann war ja auch im hohen Alter auch so eine höchst unsympathische Person. Große Sympathien wurden ihm seitens der Belegschaft nicht entgegengebracht. Außerdem stand er ebenfalls auch offensichtlich unter dem Schutz des Heimleiters. Da muss mehr dahinterstecken!

Singer setzte seinen Bericht fort: „Mensch, sind sie begriffsstutzig? Mein Vater Karl Singer war in Wirklichkeit Karl Lehmann, den ihre Freundin wahrscheinlich in ihrem Tagebuch erwähnt hat. Mein

Vater hat mir davon erzählt, dass er es sich, so waren seine Worte, etwas kommod mit Luises Schwester Klara gemacht hätte. Die wäre zwar sehr zurückhaltend in Sachen Liebe gewesen. Aber so was machte ihn offensichtlich heiß. Er sagte und das bezog sich auch auf seine spätere Militärzeit in Russland, dass er Spezialist in Entjungferungsfragen gewesen wäre. Die Erste, die das erfahren musste, war eben jene Klara Remmers. Mein Alter hatte wohl mit Klaras Entjungferung Blut für seine weiteren Schandtaten in Russland geleckt. Liebe Frau Kern, ich erspare mir an dieser Stelle, Ihnen weitere Einzelheiten zu schildern. Zumindest, was das betrifft, konnte der alte Herr seine Erlebnisse recht blumig und anschaulich beschreiben. Außerdem erklärte er, dass sein nächstes Opfer Klaras kleine Schwester sein sollte. Aber die kam dann auf einmal nicht mehr ins Haus, sodass sie unbehelligt bleiben musste. Diese Schwester war ihre Luise Remmers. Mein Vater wusste von Klara, dass ihre kleine Schwester seinerzeit in ein Tagebuch geschrieben hatte und das alles fein säuberlich. Er hatte Angst, da die beiden Schwestern eng miteinander verbunden waren, dass auch Karls Handlungen darin erwähnt wurden. Klara deutete ihm gegenüber mal an, dass Luise sehr gut beobachten konnte und, obwohl sie erst zehn Jahre alt war, sich sehr gut schriftlich auszudrücken verstand. Leider weiß ich nicht, was die Remmers da in ihr Büchlein geschrieben haben könnte. Ich bin immer davon ausgegangen, wenn es dieses Tagebuch auch jemals gegeben hätte, wäre es jetzt nicht mehr da. Jetzt weiß ich, dass es dieses Buch noch gibt, allerdings weiß ich nicht, was darinsteht, das heißt, noch weiß ich es nicht! Aber da die Sicherheit die Mutter der Porzellankiste ist, will ich es haben. Und da es damals wohl eher unüblich war, Kopien der Tagebücher zu erstellen, gehe ich davon aus, dass das Tagebuch der einzig noch verbliebene Zeitzeuge sein dürfte. Quasi ein Unikat. Der Alte sagte mir, dass die Klara wohl, kurz nachdem er sie vergewaltigt hat, verstorben ist. Man sagte, sie sei an den Folgen eines illegalen Schwangerschaftsabbruchs krepiert. Eine mögliche weitere Zeugin, also die Mutter der beiden, ist auch schon längst tot. So blieb nur noch eine lebendige Zeugin übrig, die von den unschönen Dingen wusste, die man meinem Vater anlasten könnte. Von der Existenz der Luise Remmers und dem Tagebuch wusste ich zunächst nichts. Der Alte hätte in jedem Fall seinen Mund gehalten. Dazu hatte er selbst zu viel auf dem Kerbholz. Auch, dass er den Namen seiner späteren Ehefrau angenommen hatte, hatte nichts damit zu tun, dass er den Namen Singer so toll gefunden hatte, sondern vielmehr mit seinen

Kriegsverbrechen während seines Aufenthaltes in Russland im Zweiten Weltkrieg. Ihm eilte der Spitzname „der deutsche Schlächter und Kindermörder" voraus und die Alliierten waren ihm dicht auf den Fersen. Durch die Namensänderung gelang es ihm, unterzutauchen und sich ein Leben in aller Ehrbarkeit aufzubauen, wie viele andere Kriegsverbrecher auch. Die Legende hat bis zum Einzug in die Seniorenresidenz gehalten. Das ist schon Ironie des Schicksals, dass ausgerechnet Luise Remmers und Karl Lehmann, die sich Jahrzehnte lang nicht gesehen hatten, nunmehr in diesem Hause wiedersahen und ich will es mal so sagen, sogar zusammenwohnten. Mir war die Remmers zwar als Schnüfflerin bekannt, die sich merkwürdigerweise sehr für mein politisches Amt und für mich als Menschen interessierte, aber ich hätte doch nie vermutet, dass unsere Gemeinsamkeit mein alter Herr war. Übrigens ist das eine Gemeinsamkeit, auf die ich bestens verzichten kann. Es würde, und das verstehen sie bestimmt, mein politisches Aus bedeuten, wenn die Allgemeinheit davon erführe, aus welcher Brut ich stamme und dass mein Vater ein Vergewaltiger, Kinderschänder und Kriegsverbrecher war. Da mir aber an meiner Karriere sehr viel liegt, musste ich tätig werden. Das verstehen sie doch, Frau Kern?", erklärte Singer, um wieder eine Pause einzulegen, um sich nachzuschenken. Dieses Mal verzichtete er auf das Benutzen eines Glases und trank direkt aus der Flasche, um danach ordentlich zu rülpsen. Er glaubte, dass ihm das Aufstoßen zusätzliche Kraft gab und seine Rohheit zum Vorschein brachte.

Renate fragte: „Woher wussten sie eigentlich, dass es das Tagebuch noch gibt?"

Singer fühlte sich gut: „Frau Kern, ich merke, sie hören mir aufmerksam zu und ihre Kombinationsgabe ist verblüffend gut. Ich habe durch Zufall von der noch vorhandenen Existenz des Buches gehört. Ich habe an diesem Tage den Alten pflichtgemäß besucht und beim Verlassen des Heimes bin ich an einer offenen Tür vorbeigegangen, das heißt, ich wollte vorbeigehen. So bekam ich mit, dass sich hinter der Tür zwei Figuren des Heimes eben über jenes Buch der Remmers unterhielten. Sie hatten vor, sich dieses zu besorgen. Auf einmal fiel ihnen auf, dass man sie belauscht haben könnte. Ich habe es gerade noch geschafft, mich unerkannt aus dem Staub zu machen. Das war knapp, aber das Glück war eben auf meiner Seite. Für mich bedeutete das zum einen, dass es das Buch noch gab und zum anderen, dass ich schneller als die beiden sein musste. Zum Glück haben sie erwähnt, dass das Buch bei ihnen zu finden wäre. Sie waren mir ein wenig voraus, aber ich hoffte natürlich, dass sie Frau Kern, das Buch nicht so einfach wildfremden Menschen aushändigen würden. Da lag ich ja offensichtlich richtig mit meiner Einschätzung, denn sie haben das Buch ja noch, richtig?"

Renate antwortete schnell: „Ja sicher, ich sag ihnen gleich, wo sie es finden. Mich interessiert aber noch, was mit meiner Freundin, Luise Remmers, wirklich passiert ist. Wären sie so freundlich, mir das auch noch zu schildern?"

Singer runzelte die Stirn und fragte sich, ob die wirklich so abgebrüht war, wie sie tat, fuhr dann aber weiter fort: "Luise Remmers war wirklich ein Problem. Mein Vater hatte mir ja davon berichtet, dass er sie gesehen und dass sie ihn erkannt hatte. Er sagte mir aber auch, dass die Remmers Angst vor ihm hätte und deswegen kaum noch ihr Zimmer verließ. Ich war mir sicher, dass sie zunächst noch ihr Wissen für sich behalten würde. Es stellte sich aber die Frage, wie lange der Zustand der Verschwiegenheit noch andauern würde. Erst habe ich überlegt, der Alte solle ihre Angst weiter schüren und im Falle, dass sie zu plaudern gedachte, sie sogar mit dem Tod zu bedrohen. Aber, ganz im Ernst, der sitzt im Rollstuhl und ist körperlich derart eingeschränkt, sodass die Umsetzung dieser Drohung wohl kaum zu realisieren gewesen wäre. Dann wiederum habe ich gedacht, das Schweigen der Luise Remmers zu kaufen. Doch eine Frau im Seniorenheim benötigt vieles, aber bestimmt kein Geld mehr, auch vor dem Hintergrund, dass sie sowieso vermögend ist. Eine Bedrohung meinerseits kam auch nicht in Betracht, weil die Gefahr, dass sie mit ihrem Gequatsche mein Leben ruiniert, nach wie vor viel zu groß war. Um ganz sicherzugehen, blieb mir nur noch eine einzige Möglichkeit über. Jetzt, liebe Frau Kern, dürfen sie raten, um welche es sich dabei handelte", stoppte Singer seinen Redefluss.

Renate antwortete spontan: „Herr Singer, ich glaube, es ist besser, ihnen die Schilderung der Pointe zu überlassen, finden sie nicht auch?"

„Da haben sie auch wieder recht, denn es ist ja meine Geschichte und es gebührt mir, diese zu einem würdigen Ende zu bringen, dass auch gleichzeitig ihr Ende bedingen könnte. Aber das wollen sie ja offensichtlich so. Der Schluss ist prinzipiell schnell berichtet, denn da alle von mir erwähnten Lösungsmöglichkeiten aus den unterschiedlichsten Gründen verworfen werden mussten, blieb mir nur noch der Ausweg, dass Frau Luise Remmers sterben musste. Ich beschloss, ihr des Nachts einen Besuch abzustatten. Der gewaltsame Tod sollte bei ihr nicht als solcher zu erkennen sein. Es sollte der Anschein erweckt werden, als sei sie friedlich eingeschlafen, so wie vielen betagten Bewohnern es in Seniorenheimen oft beschieden war. Ich war mir sicher, dass man bei Luise Remmers einen natürlichen Tod feststellen würde, da mir der zuständige Hausarzt, Herr Waldheim, der praktisch für alle Todesfälle im Seniorenheim zuständig war, bekannt war. Ich hatte zuvor sehr viel über Waldheim gehört, aber nichts zeugte davon, dass er etwas von ärztlicher Kunst verstand. Ich glaube, selbst wenn er eine Schussverletzung vorgefunden hätte, wäre er dennoch von einer natürlichen Todesursache ausgegangen. So schlich ich mich also in das Zimmer der Remmers und hatte mich vorher mit einem Kopfkissen bewaffnet, dass ich in einem Einbauschrank im Flur gefunden hatte. Natürlich hatte ich vorher eruiert, dass ich freien Zugang zum Schrank haben würde, denn es wäre fatal gewesen, wenn dieser Schrank plötzlich abgeschlossen oder ohne Kissen gewesen wäre. Die Gefahr entdeckt zu werden, war minimal, da für gewöhnlich nur eine Nachtwache für die gesamte Station zuständig war. Selbst wenn ich gesehen worden wäre, bliebe mir immer noch die Ausrede, meinen Vater, wenn auch sehr spät, besucht zu haben. Und man kann sich ja auch mal in der Zimmertür irren. Alles ging glatt, Luise schlief tief und fest, sodass ich ihr das Kissen auf das Gesicht drücken konnte. Natürlich wurde sie wach und wehrte sich. Ich muss schon zugeben, in ihrer Todesangst hatte sie noch mächtig Kraft und widersetzte sich entsprechend. Sie zuckte, strampelte und schlug um sich wie eine Verrückte. Ich musste mich sogar am Bettrand kurzzeitig festhalten, um kurz innezuhalten, ohne allerdings das Kissen von ihrem Gesicht nehmen zu müssen. Aber dann war ihre Widerstandskraft endlich gebrochen, und sie lag leblos da. Ganz schnell habe ich zur Sicherheit noch ihre nicht verschlossenen Schränke durchsucht. Das war irgendwie reine Routine, obwohl ich mir eigentlich sicher sein konnte, dass sie keine Aufzeichnungen über ihre Vergangenheit darin aufbewahrte. Dass das Tagebuch noch existiert, wurde mir ja erst später bekannt. Anschließend verließ ich ihr Zimmer unerkannt. Durch Zufall habe ich dann später erfahren, dass da später noch jemand ihr Zimmer aufgesucht hatte, um zu stehlen. Das wäre ein Alptraum gewesen, wenn wir uns in Luises Zimmer zufällig getroffen hätten. Man muss sich das mal vorstellen: Der eine kommt vorbei, um sie zu bestehlen und der andere, um sie umzubringen. So grotesk kann nur das Leben sein. Ich erfuhr, dass man den dicken Pflegedienstleiter des Diebstahls überführt hätte und ihn weiterhin des Mordes bezichtigte. Was für ein Glücksfall, dass der Fettsack jetzt auch noch für meine Tat aufkommt. Ich werde ihm zu jeder Zeit zu Dank verpflichtet sein. Aber mein Dank wird eher unbekannter Natur bleiben. Vielleicht bete ich mal für den, aber dazu müsste ich gläubig sein, bin ich aber nicht. Um sie zu beruhigen, wägen sie einfach mal ab; das Leben einer Halbtoten gegen das Leben eines aufstrebenden Politikers. Was wiegt mehr?", schloss Singer ab.

Renate musste Zeit gewinnen und so fragte sie: „Aha, sehr interessant, aber wie ging es dann weiter?"

„Jetzt lassen sie aber nach, Frau Kern, denn es geht mit ihnen weiter und wenn sie nicht wollen, dass ich sie zusätzlich quälen muss, verraten sie mir, wo sich das Tagebuch befindet und das plötzlich."

Renate deutete auf ihr Bücherregal und sagte: „Es ist hinter der ersten Buchreihe."

Singer drehte sich um, wandte sich zum Bücherregal und warf die davor befindlichen Bücher zu Boden und grinste dann erleichtert: „Hut ab, Frau Kern, sie haben nicht gelogen", und bei diesen Worten wog er das zuvor entnommene Tagebuch der Luise Remmers triumphierend in seinen Händen und setzte seine Worte fort: „Da ist es endlich und nun zu ihnen."

Dann klingelte es Sturm an Renate Kerns Haustür. Singer fuhr herum und herrschte Renate an und fragte: „Wer ist das?" Renate Kern antwortete: „Niemand! Ich muss aber jetzt die Tür öffnen." Beim Ausspruch merkte sie, wie unsinnig der letzte Satz gewesen war. Sie brauchte aber gar nicht mehr öffnen, denn Hauptkommissar Schindler und zwei weitere seiner Kollegen standen bereits im Wohnzimmer, gefolgt von Sabine Siegmann. Singer glotzte die Gruppe völlig überrascht an und sprach: „Frau Kern, es war schön, mit ihnen geplaudert zu haben, aber jetzt muss ich sie leider verlassen." Singer hatte gar nicht darüber nachgedacht, dass jemand von innen die Tür geöffnet haben musste, um die Beamten hineinzulassen. Ein Aufbrechen der Tür wäre gehört worden und außerdem hätten die Polizisten, wenn sie das sowieso vorgehabt hätten, wohl kaum vorher geklingelt.

Schindler ergriff das Wort: „Moment noch Herr Singer, denn wenn ich recht in der Annahme bin, sind sie es doch, der Bürgermeister, Herr Heinz Singer. Ich denke, dass wir noch ein wenig plaudern müssen und bevor wir unsere Unterhaltung fortsetzen, geben sie mir bitte das Buch, das sie in ihren Händen halten." Singer überreichte dem Hauptkommissar wie paralysiert das Buch, lies sich in den Sessel fallen und nahm einen kräftigen Schluck aus der so gut wie geleerten Likörflasche." Singer unternahm einen weiteren Versuch, sich der Situation zu entledigen und sagte: „Das Buch ist ein Geschenk von Frau Kern. Überdies gehört es zur Erbmasse von Luise Remmers. Ich habe es nur im Auftrag des Heimleiters, Herrn Ohlsen, abholen wollen."

„Das glaube ich nicht!", denn nun erschien Jonas aus dem Nebenzimmer: „Wir haben alles mitgehört. Sie haben Frau Remmers umgebracht und hätten auch sicherlich Frau Kern getötet." „Das müssen sie mir erst mal beweisen", schnaufte Singer, sich bewusst seiend, dass sich seine Lage mit Jonas Erscheinen sichtlich verschlechtert hatte.

Schindler sprach daraufhin: „Wenn Herr Kaufmann Zeuge der Schilderung eines Mordes gewesen sein sollte, dann ist das an sich schon Beweis genug, Herr Singer, und das berechtigt uns, sie mit zum Revier nehmen zu dürfen, ob sie nun Bürgermeister oder der Papst sind."

„Nicht nur das", triumphierte Sabine: „Ich habe es auch gehört und vor allen Dingen, um auch nichts zu vergessen, haben wir die gesamte Unterhaltung aufgezeichnet." Dabei zeigte sie auf den Ablageort des Handys. Singer war erledigt und als Schindler die beiden Kollegen gebeten hatte, dass sie ihm Handfesseln anlegen und ihn zur Wache fahren sollten, brach er in Tränen aus.

Renate Kern konnte es nicht lassen: „Mir kommen auch gleich die Tränen, sie mieser Mörder, aber mehr vor Erleichterung. Machen Sie es gut und sollten sie Gelegenheit dazu bekommen, grüßen sie mir ihren liebreizenden Vater." Es war eine Genugtuung für sie.

Singer wurde abgeführt und Schindler wandte sich der verbliebenen Gruppe zu: "Das war knapp und eigentlich müsste ich stinksauer auf sie, Frau Siegmann und auf sie, Herr Kaufmann sein, bin es aber nicht, weil sie wirklich gute Arbeit verrichtet haben. Dafür kann ich mich nur bedanken und besonders muss sich Herr Becker bei ihnen bedanken, denn es wäre schwer für ihn geworden, den Hals aus der Schlinge zu ziehen. Aber nun erzählen sie mal. Ich weiß zwar schon von Frau Siegmann als sie mich eben anrief, dass Singer Frau Remmers getötet hat, allerdings sind mir die Details noch unbekannt."

„Und ich dachte, du wärest auf der Toilette gewesen. Stattdessen hast du das einzig Richtige getan. Ich werde mein Frauenbild noch mal überdenken müssen", sprach Jonas und lachte, wie schon lange nicht mehr.

Ende

Mitwirkende Personen:

Jonas Kaufmann:

Arbeitet nach wie vor in der „Lindenblüte".

Ihm sind Ruhm und Ehre erspart geblieben. Dafür hat er zwei neue Freundinnen gewonnen.

Sabine Siegmann:

Arbeitet auch weiter in der „Lindenblüte".

Sie muss sich ebenfalls nicht mit Ruhm und Ehre herumplagen und hat aber dafür neue Freunde.

Renate Kern:

Hat geerbt, hat neue Freunde, erfreut sich guter Gesundheit und wird ihr Erbe ihren Freunden zukommen lassen.

Natalie:

Ist weiterhin Nachtwache, obwohl sie manchmal Bedenken hat, einem Dieb und einem Mörder begegnen zu müssen.

Peter Becker, „die Kröte" oder „Ed":

Ist geschieden, besitzt jetzt mehr Schulden als jemals zuvor und bewegt sich die nächsten zwei Jahre auf Bewährung fort, um zum Beispiel eine neue Anstellung zu finden.

Viktor Ohlsen, „der schöne Viktor" oder „Scar":

Das Verfahren wegen Urkundenfälschung läuft. Was nicht mehr läuft, ist sein Arbeitsverhältnis. Er sucht wie Becker nach Arbeit.

Hilke Kasper-Lauser oder „die Laus":

Sie glänzt noch mehr mit Sparkonzepten. Sie sucht aber für die Umsetzung nach einem neuen Arbeitgeber.

Konstanze Engelhard:

Leitet noch einige Jahre den Sozialen Dienst und das sehr zum Leidwesen aller.

Silke Schacht:

Wurde als Betriebsratsvorsitzende zum Glück nicht wiedergewählt.

(Dr.) Waldheim:

Blieb der Arzt des Vertrauens, verlor dieses aber zusehends und gab dann irgendwann auf.

Hauptkommissar Schindler:

Löste mit seiner Ruhe einen weiteren Fall. Ob es für eine Beförderung ausreicht, bleibt zu hoffen.

Heinz Singer bzw. Konrad Meyer:

Verbrachte einen Großteil seines Lebens in der Justizvollzugsanstalt. Seine politische Karriere wurde abrupt beendet.

Karl Singer oder Karl Lehmann:

Brauchte einen neuen Heimplatz und wartet auf seinen Prozess für seine Taten aus dem Zweiten Weltkrieg.

Klara, Erna und Ludwig Remmers:

Sind leider seit langem verstorben.

Kurt Lehmann und Frau Lehmann:

Auch sie sind schon lange tot.

Elisabeth:

Überlebte den Tiefliegerangriff und erfreut sich hoffentlich noch bester Gesundheit.

Familie Goldstein:

Wurden im KZ Dachau umgebracht.

Luise Remmers:

Ist ein tragisches Opfer.